HAN XIANG
LONG TUTENG 2

2018年度中国作家

汉乡

龙图腾2

子与2 著

时代出版传媒股份有限公司
安徽文艺出版社

图书在版编目（ＣＩＰ）数据

汉乡.龙图腾.2/子与2著.—合肥：安徽文艺出版社，2019.11
ISBN 978-7-5396-6659-4

Ⅰ．①汉… Ⅱ．①子… Ⅲ．①长篇历史小说－中国－当代 Ⅳ．①I247.5

中国版本图书馆CIP数据核字(2019)第073493号

出 版 人：	段晓静			
策　　划：	朱寒冬　段晓静	统　　筹：	张妍妍　宋晓津	
责任编辑：	姚　衎　刘　畅	装帧设计：	田星宇　张诚鑫	

出版发行：时代出版传媒股份有限公司　www.press-mart.com
　　　　　安徽文艺出版社　　www.awpub.com
地　　址：合肥市翡翠路1118号　邮政编码：230071
营 销 部：(0551)63533889
印　　制：安徽新华印刷股份有限公司　(0551)65859551

开本：700×1000　1/16　印张：14　字数：250千字
版次：2019年11月第1版　2019年11月第1次印刷
定价：39.80元

（如发现印装质量问题，影响阅读，请与出版社联系调换）
版权所有，侵权必究

目　录

第四三章　我是冤枉的 / 001

第四四章　人生就要当机立断 / 006

第四五章　淮南王秘术 / 012

第四六章　可怜的人 / 017

第四七章　梦境与现实 / 022

第四八章　刘彻的大嘴巴 / 028

第四九章　良心，是赚钱的毒药 / 034

第五〇章　定计 / 039

第五一章　骗人是一辈子的事情 / 044

第五二章　咸鱼 / 049

第五三章　我想有个美丽的家 / 054

第五四章　皇帝不能惹 / 060

第五五章　永不放手 / 065

第五六章　我不造孽，天造孽 / 070

第五七章　令人失望的大汉 / 075

第五八章　帝流浆出必有妖孽 / 080

第五九章　墨家矩子 / 085

第六〇章　脆弱的古代人 / 090

第六一章　鸟兽散 / 095

第六二章　仓促的开端／101

第六三章　散播文明的方式／106

第六四章　丑庸的黄馍馍／111

第六五章　第一次拒绝／116

第六六章　第二次拒绝／121

第六七章　天下鹰犬／126

第六八章　冰冷的心／131

第六九章　尘埃落定／136

第七〇章　被遗忘的人／140

第七一章　雨落无声／145

第七二章　欢乐的原野／150

第七三章　阴险的云琅／154

第七四章　东窗事发／159

第七五章　自作自受／164

第七六章　两重天／169

第七七章　死心眼的老秦人／174

第七八章　绝后患／179

第七九章　杀阵（一）／183

第八〇章　杀阵（二）／188

第八一章　卓姬要嫁人／193

第八二章　低级与高级／198

第八三章　太恶心了／203

第八四章　谁是谁的金山？／208

第八五章　春天的烦恼／213

第八六章　改造与冲动／218

第四三章 我是冤枉的

看完热闹，又没有钱好拿，云琅只好重新回到房间，继续看自己没看完的《左传》。《左传》相传是春秋末年鲁国的左丘明为《春秋》做注解的一部史书，与《公羊传》《榖梁传》合称"春秋三传"。云琅想要理解《春秋》就必须先从《左传》开始，可即便这本书是《春秋》的简读版，云琅依旧看得很艰难。主要是古人实在是太懒，为了少刻几个字，就用最简洁的话语来说明一个艰深的道理，这让云琅吃尽了苦头，还每每被平叟耻笑。

读书是云琅打发时间的唯一消遣，如果再有，那就是吃了。至于钱财，云琅并不是很看重，如果不是为了买地，跟准备好将来的赎罪钱，他觉得这个世界里钱财的用处不是很大。他做出来的饭菜他觉得是世上最好吃的，他制作的衣衫他穿起来最舒服，至于房子，皇帝的宫殿里如果不是有巨大的取暖铜柱，还不如山洞暖和。至于赎罪钱，这个很重要，太史公司马迁就是因为付不起六十万钱的赎罪钱，才被弄得男不男女不女的，屈辱一生。他如果不是因为心中有《史记》这个执念，早就自戕身亡了。

云琅认为自己将来犯罪的可能性很大，被犯罪的可能性也很大。如果每一次犯罪或者被犯罪都遭受一次肉刑，云琅觉得自己活到二十岁，身体上但凡是能凸起的部位都会被人家割掉。《左传》的作者左丘明就是被人挖掉了眼睛，没办法了才摸索着在竹简上刻了《左传》，也不知道是不是这么回事，总之，霍去病就是这么吓唬他的。看样子，凡是想要写点历史的人，下场都不太好，齐国史官父子兄弟三人中的两人因为一句"崔杼弑其君"的话被人家杀了。第三个还带着自己九岁的儿子一起来领死，因为太惨，人家才放过了他们父子，但凡那个崔杼的心再硬一点，就要死四个人了。就这，南方的史官听说这事之后还兼程前来，打算等北方的史官家族死绝了，他们好继续跟着死。

云琅的书没有读多久，可能去上了一个厕所的时间，卓姬又带着一群人马快速杀到，非要他交代是怎么从卓氏钱柜里捞钱的。

"我是冤枉的。"云琅放下简牍，再一次对围着他转悠了足足一炷香工夫的卓姬道。

"钱的数目不对，账房说你拿走了两万四千钱。"

"账目对吗？"

卓姬咬牙切齿地道："账目是对的，平叟也算过了，是对的。"

"那不就完了？我拿走的是我的钱。"

"你的钱？"卓姬的声音一下子变得尖厉起来，昔日的优雅跟高贵全都不见了。

"你的钱？你哪来的钱？所有进入卓氏钱柜里的钱都应该是卓氏的，里面的每一个钱都是！"

云琅叹一声对平叟道："我早就说过，不能让女人看到钱，一旦看到了，是不是她的她都想要。"

平叟撇嘴道："我也很好奇你的钱是从哪里来的，说说……"

云琅再次叹口气道："这是大家不多的生财之道，平公，你真的要我说出来？一旦说出来了，我最多退两万四千钱，您可能要退的恐怕就不止这点钱了。"

平叟大怒，指着云琅道："还真是贼咬一口入骨三分，你偷钱，关老夫何事？"

云琅不理睬平叟，瞅着卓姬道："你确定要我把这个盖子掀开？说实话，我干的这事是每一家的大掌柜都会干的事情。这种事情绝对没有伤到主家的收益，又让大掌柜能有一些多余的好处，即便是官府都不能禁绝，大女真的想要知道吗？"

卓姬有些迟疑，她可以怀疑云琅，这没关系，反正这家伙马上就要去当官了，以后官民有别，打交道的时候应该不多。问题是云琅把这件事情指向了平叟，这就不能不多想一下。她现在借重平叟的地方还多，万一云琅把底子都戳漏了，平叟除了请辞之外再无他路好走。

云琅见卓姬犹豫，就继续笑着道："知道这世上最难以对付的人是谁吗？是胥吏！你见过胥吏用脚踹百姓纳粮的粮斗了吗？你见过胥吏用大斗进、小斗出的借贷方法了吗？你可能都不知道什么是偷梁换柱，什么是以次充好，什么是无中生有，什么是一把火烧得真干净……这些你都不知道。你高高在上地活在蜜罐子里，听到司马相如几句狗屁不通的瑰丽句子就激动地难以自抑，恨不能以身相许。操一曲琴，看一段歌舞，听别人的故事为古人落泪，却看不见眼皮底下那些黑暗的所在。现在，你还准备掀开这个盖子吗？先申明，这个罐子里装的除了蛆虫之外就剩下蜈蚣、毒蛇、蜒蚰这些最恶心的东西。你真的确定要掀开看看？"

卓姬一脸的纠结，平叟一脸的茫然，只是平叟看到卓姬纠结的表情，心头微微发寒。他咳嗽一声道："说出来吧，你如果不说，老夫只有请辞一途了。你说的这些有的老夫见过，有的老夫听说过，有的老夫简直闻所未闻，想来都是一些鬼蜮伎俩。老夫自负为人还算清正，为一点清名计，也干不出那些下作事情来。"

"哈哈哈哈哈……"云琅大笑起来,重新抓起桌案上的简牍,抖抖袖子就准备出去。

平叟淡淡地道:"说出来吧,至少说清楚你为什么会从账上拿走了两万四千钱,而账目居然是平的,为什么找不出任何漏洞。这事关老夫一生清誉。"

云琅转身瞅着平叟道:"无中生有的法门而已。至于账簿为什么是平的,主要原因是因为黄金成色变好了,火耗减损了,价值上升了。按照以往的规矩,让黄金成色变好的秘药是我做出来的,我拿走多出来的东西有什么不妥吗?"

卓姬眉头一动,一锭小巧精致的金锭就从袖筒里滑到手中,她举着金锭对着太阳看了好久,不得不满意地点点头,这确实是一块非常好的金子。平叟取出一块发乌的金子跟卓姬手上的金锭比量了一下,也不得不承认卓姬那块跟他手里金块一样重的金锭,在价值上至少要超出半成以上。

卓姬长出了一口气,向平叟敛身施礼道:"平公莫怪。"

平叟淡淡地点点头,一把拉住云琅的手道:"为何不早说?"

云琅看了一眼卓姬笑道:"早说怎么会有这样的好看把戏?如此也好,云某走的时候也就不用过于留恋了。"

丑庸早就不喜欢住在这里了,这里的每一个人都说她长得丑运气却好,还有一大群把脸蛋抹得跟猴屁股一样的女子自从知道小郎马上要当羽林郎了,就没羞没臊地打着各种借口往小院子里跑。梁翁已经在昌乐市上找了另外一个青砖小院子,比这里还要清爽,至少没有叮叮当当的打铁声。见小郎要走,丑庸立刻欢喜地背上了早就准备好的大包袱,再把小郎心爱的茶壶抱在怀里,紧跟着小郎就要离开这个鬼地方。

"且慢,某家便是你刚才贬斥的司马相如!小郎不给某家一个交代吗?"花头巾司马相如摇着蒲扇挡在门口,笑吟吟地看着云琅。

云琅抬头看了一眼司马相如，这家伙长得很高，嘴巴上留着一些短髯，可能是因为经常吃肉的缘故，胡须黑亮，根根直竖，再配上一双丹凤眼，一张棱角分明的大嘴巴，即便是被云琅当场羞辱了，依旧能够笑面以对，不得不说这家伙确实有泡妞的本钱，至少相貌、风度无可挑剔。

云琅嘿然一笑道："我不是看不起你，而是看不起所有拿文章博名利的人，尤其是看不起你这种用写文章得来的名声骗自己女读者的人。你们是一边祸害人家妻女，一边还要高举着双手说这不关我事，是这个死女人自己扑上来的……"

卓姬的一张脸变得通红，转瞬间又变得铁青，至于司马相如，他从来没有遇见过云琅这种人，竟然被云琅一番话噎得一个字都说不出来。他们眼看着云琅跟丑庸主仆二人，扬长而去。

"竖子无礼！"云琅跑得不见人影了，卓姬才怒吼出来。

平叟淡淡地笑道："不激怒你，他怎么走啊？不激怒你，他怎么从刚才大女制造的钱财旋涡里爬出来？不激怒你，他怎么带着他改良黄金成色的秘方走？"

经过今天的事情，平叟觉得自己累极了，他忽然有些羡慕云琅，可以走得如此干脆，如此毫无征兆，让他准备拉拢的后手全无用武之地。卓姬到底是一个女人，容易被一些外来的因素掌控心绪，犹豫不决、三心二意是她最大的弱点。想到这里，他瞅了一眼高大英俊的司马相如，叹了一口气，背着手走进了自己的小院子。

第四四章 人生就要当机立断

"小郎,你等等我啊……"云琅走得很快,背着大包裹的丑庸在后边紧紧追赶,却因被襦裙裹住双腿,跑不起来。云琅停下脚步,从丑庸肩上取过一个包袱背在身上,然后,继续大步流星地赶路。

"小郎,我们干吗要走得这么急啊?梁翁他们还没有按照您的吩咐收拾好新院子呢。"

"不跑不成了,要是被他们知道我往黄金里面掺黄铜让金子变漂亮的事情,会有大麻烦的。"

"可是,那是一个好办法啊,婢子看到您把黄金磨成粉末,灵液(水银)上面黑乎乎的东西都给捞出来了……"

"傻妞,我在铸造元宝的时候又往里面加了铜……"

云琅并不担心有人会察觉,所以,当着丑庸的面他也敢说。他坚信,阿基米德定律是几十年前才刚刚在希腊被研究出来,没道理现在就能被大汉人氏广泛掌握。给平叟新式记账法不过是掩人耳目之计,计算虽然繁复,却依旧在他们的知识范围之内，只要下足了功夫，迟早会把繁复的账目变得简单。就像长平做的那样，找一群账房来，把账目分解，没什么难度，就是时间长点而已。至于给金子里面添加杂物，这在大汉也非常普遍，只是那些人比较傻，往里面死命地添加比重较重而且容易融化的铅，把一个个漂亮的金锭弄得跟纵欲过度一样顶着一个难看的面孔，谁看不出来啊？硼砂是个好东西，干涸的盐湖底部就有。不过在大汉，人们把它叫作月石，神医们一般把它拿来治病。云琅拿它来当作黄金跟铜的黏合剂，效果很好。当黄铜跟黄金完美地融合之后，黄铜自然就变成了金子，在这个没有阿基米德定律的时代，这就是真理。

云琅不离开卓氏，长平不可能将羽林郎的官职给云琅的。这是云琅昨晚才想通的事情。否则，以长平的地位跟尊荣，吃饱了撑的才会在金钱上为难云琅。长平家自从出了一个马夫大将军关内长平侯，他们对搜罗人才这种事就非常热衷，并且独占心很强。一个卫青就能让长平家三十年无忧，再来一个年轻的比如霍去病一类的，就能五十年无忧。一代一代总要出人才的，这样，家族才会鼎盛千秋。骑驴找马是这个世界上永远都能通行的法则。在卓氏捞取了第一桶金之后，就一定要早点离开，时间长了，人就会生感情，那时再走，绝对没有现在就走来得写意。

阳陵邑并不算大，不过，二十万人的城池在这个时代已经算是通都大邑了。街市就是集市，绕着街市走了半个城池，就来到了云琅在大槐里的新房子。云琅在大汉选房子同样会用后世的理念，即：地段！地段！！地段！！！大槐里就在县令家不远处，督邮家也在附近，最重要的是上林令、上林丞也居住在大槐里。再过一条街，就是长平侯家的豪门大院。丑庸走了一路吃了一路，两斤麦芽糖仅仅够她吃到家门口。

内城房屋与外城房屋最大的区别就在于有没有砖头。外城的房屋大多是由黄土夯制而成的，只是在门头屋檐上添加一点砖帽。木板制成的大门大多涂成黑色，镶上一个铁门闩，看起来似乎不错，只是大街上尘土飞扬的没办法落脚。内城的房屋讲究就多了，虽不能说处处雕栏玉砌，却也处处清爽，尤其是雨后的青砖，泛着润润的青色，让人很想摸一把。

"用手摸就成了，不要拿脸去蹭，你不疼吗？"就在云琅打量督邮家大门的时候，丑庸可能是跑热了，正把脸贴在砖墙上贪凉气。

见云琅发怒，丑庸嘀咕一声道："反正我又不漂亮……"

院子里的梁翁听到云琅的声音，连忙打开大门，扫帚都来不及丢，就欢迎主人进家门。青砖的门楼并不高大，黑漆的大门也显得朴素，这样的房子矗立在一群高大的宅院中显得非常不起眼。整座院子用了三十个金饼子，这让云琅非常肉疼，好在有卓氏这个金主在，他自己并没有花费多少，如果真的要他全出，他会想办法再从长平那里弄点钱。

这是一个日字形的院子，算不得大，主人居住在影壁后面的二层小楼上，两边是两排尖顶平房，梁翁一家人就住在右边，将左边留出来充当客房。楼前左侧有一口方井，上面有一架辘轳，粗大的木头上满是绳子勒出来的印痕，看样子已经用了不少时候了。上一任主人是一个雅致的人，靠着墙边还种了两排竹子，竹子堪堪长成，三丈高的竹子如同两排遮阳伞，正好给不大的院子里留下一片浓荫。地上的青砖已经有些青苔了，梁翁的女儿小虫正在用铲子铲地，估计是担心云琅会因踩到这些青苔滑倒。

"应怜屐齿印苍苔，小扣柴扉久不开。春色满园关不住，一枝红杏……啊不，一枝青竹窥邻家……哈哈哈。小虫，青苔别铲掉了，留着，给某一个不喜欢走门的混蛋留着，摔死他！"

"摔死我可不容易！"

听到这个变音期的公鸭嗓子，云琅的眉头就皱起来了："你站在墙头干什么？就算我不在乎，邻家难道不会报官吗？"

"谁敢报？隔壁就是我家！"

云琅四处瞅瞅，疑惑地道："长平侯府可是在另一条街上！"

霍去病从墙头攀着竹子跳了下来，顺手在小虫的身上擦一把手，然后笑道："你难道不知道整条街都是我们家的吗？"

"浑蛋！"

"确实很混蛋，家太大，有时候会迷路，太大了也很没意思啊。"

"我是说你干吗在小虫身上擦手？男女有别你不知道？"

霍去病挑起小虫的下巴瞅了一眼道："谁管她是男是女，我的手脏了，自然要找个地方擦。喏，给你一把钱，换套衣衫，麻布衣服擦手很不舒服。"

云琅很生气，可是作为当事人的小虫，却一脸娇羞模样接过铜钱，敛身施礼之后就跑了，她没有觉得被羞辱，反而因为霍去病挑她下巴而心乱如麻。就连梁翁夫妇二人，也靠在厨房门上傻笑，看样子只要霍去病勾勾手指，他们就会把自家十二岁的闺女送到霍去病的房间。总体来说，大汉国的实用哲学在这个时候是占了上风的。几十年来的黄老哲学已经深深地影响了这个国家。国家对百姓基本上除了收税之外，就是在放任自流，伦理上的约束并不严格。历经战国，以及秦末大战，在后来的军阀混战之后，丁口减少严重。每一个新兴的王朝都会施行轻徭薄赋、与民休息的政策，这个时代对于伦理道德的要求远没有云琅经历的后世严苛。在云琅认为是过不去的事情，对大汉百姓来说屁都不算。想想两千年来的伦理进化成果现在连屁都算不上，这就让云琅有些气急败坏。

"我要西面的那一间！"霍去病指指二楼西面的那间凉房。

"不成，那一间要改成茅厕的。"

"你把茅厕修建在卧室边上？"

"对啊，这样方便！"

"你就不嫌臭？"

"谁告诉你茅厕就一定是臭烘烘的？"

霍去病很想反驳一下云琅，不过，考虑到这家伙总能给人带来惊喜，就决定等他弄完之后再做评判。

隔壁是长平家，站在二楼上就能看见人家的后花园。十几个造型威猛的兽头喷出的水柱足足半尺粗，水柱砸在汉白玉石板上，如同瀑布轰鸣。有钱人家就是这样的，不求最好，只求最有气势。

云琅觉得没必要客气："从你家接一个水管子过来让我冲厕所行不？"

"兽头是陛下赏赐的，你要从上面接水槽引水冲茅厕？"

"你家地势高，我家地势低，不从你家引水，难道让梁翁每天提水上楼？"

"对啊，仆役就是这么用的！你每日冲茅厕能用多少水？让仆役提水。"

"我还要在茅厕里洗澡……"

霍去病干呕两声，挥挥手决定结束关于茅厕的谈话，他今天是来告诉云琅他舅母明日要过来。

丑庸很自然地霸占了楼下一层左面的房间，安顿好之后，就开始给云琅跟霍去病煮茶。

碧绿的茶叶泥，配上油炸过后的豌豆，以及炒好的芝麻，和在一起用开水一煮，鲜香扑鼻。云琅弄不到茶叶，这些茶叶还是从平叟那里抢来的，炒茶是没法子了，只好弄成擂茶喝，刚开始还有些喝不惯，时间长了也就喜欢上了这种带着咸味的茶汤了。至于放糖去茶叶苦味这种事情他已经不敢想了，阳陵邑的柞浆（蔗糖）价比黄金。

"我想搬出来住！"

"好啊，自由，要不要我帮你找院子？"

"你的院子都是我帮你找的，我的意思是我打算搬到你家来住。"

"为何？大院子住腻味了？打算品尝一下小户人家的生活？"

"不是的，总有些人让我看了不舒服。"

"你要是搬过来了，你舅舅如果不打断你表哥表弟的腿，就要打断你的腿。"

"我会好好说的,就说是我自己想要过得宽松一些。"

"那你完蛋了,你舅舅一定会打断你的腿,可能还有我的!"

第四五章 淮南王秘术

在一个吃野菜已经成为日常习惯的时代里,吃一盘经过驯化的白菜,就是一种享受。其实姜汁菠菜这道菜是云琅最喜欢吃的绿叶菜,至于姜汁白菜就差了那么一点意思,主要是白菜发甜,没有菠菜的那股子清爽。云琅很希望已经出使西域的张骞能够把自己心爱的菠菜带回来,不要让这道菜到了唐朝才出现。他能想象到,在西域,菠菜这东西一定长得漫山遍野都是。

长平要来,家里总要准备一点菜肴招待的,霍去病说得很清楚,长平过来的时候不用仪仗,不带多余的随从,就带着他跟两个宫女过来。这就是当通家之好来交往了。

梁翁体弱多病的老婆很细心,一缸黄豆芽被照料得白白胖胖的,只可惜没有菠菜,粉条也没有,为了添加一点好看的颜色,只好用荠荠菜了。一勺子热油浇下去,葱蒜的香味就弥漫了整间屋子。豆腐不小心做稀了,最后变成了豆花,即使这样,霍去病也已喝了两碗,估计长平也喜欢。最不能缺少的就是红烧蹄髈,蹄髈在瓦罐子里小火煨了一天,用筷子轻轻一戳,就有晶莹的油脂从红亮的外皮缺口处流出来，喷香酥烂，轻轻一抖骨肉就会自动分离。没有受过污染的大草鱼本来非常适合红烧，可惜云琅家里的豆油太少，只好加了姜葱清蒸。大火熏蒸之下，外面的鱼皮爆开，露出里面蒜瓣一般的白肉，蘸上用葱姜腌过的醋水，这味道应该比什么羊肉都鲜美得多。云琅没见过大户人家的厨子是怎么做饭的，不过，就那两个给长平打头阵的侍女不断流口水的样子，云琅就不再对长平侯家的饭菜抱什么希望了。鸡这个东西天生就适合炖汤，一砂锅漂着淡淡油花却清澈透明的汤水，再配上一整只黄澄澄的肥鸡，只要撒上碧绿的小葱，就是一道再好不过的开胃汤水。

"我舅母喜欢吃素！"已经开始吃第四个猪蹄的霍去病满嘴油花，含糊不清地指导云琅。

云琅面无表情地用勺子指指霍去病道："你不是说从来不吃豕肉的吗？"

霍去病笑道："以前哪知道豕肉这么好吃。"

因为是分餐，每种菜肴云琅都做了两份，一份专门是给长平准备的，另一份是他跟霍去病的。有洁癖的霍去病现在已经对两人吃一份饭菜没有丝毫的抗拒了。

在大汉以前，庖厨一直都是一种很高级的职业，甚至有过因为做饭做得好成为权贵的传奇。只是这几年风气不好，人们渐渐不大看得起庖厨，认为这是贱业。不过主人亲手做羹，本身就是对客人最大的尊敬，云琅为了拍长平的马屁，也算是无所不用其极。

长平没有动用仪仗，可是她的马车本身就是仪仗，再加上一个喜欢耀武扬威的马夫，仅仅走了一条街，大槐里的所有官宦都知道了一件事——新搬来的那家人与长平交情莫逆。站在门口迎接长平的时候，云琅有一种屁股上被人盖了章子的感觉，那个章子上还刻着四个字——公主专用。什么时候见长平，她都是一副母仪天下的模样，即便是下马车这种小事，她也能做到迈腿而身体不动，头上的金步摇只是微微晃动，人就已经下了马车。下了马车还不抓紧进院子，而是朝四周敛身施礼，然后收获一大堆"微臣不敢"的屁话。好不容易进了院子，总有长相妖艳的男女仆人也不问云琅这个主人，就往云家不断地塞东西。从吃饭的金碗银筷到上好的白玉席子、酒水，乃至镶金嵌玉的屏风，马桶，铺地的红毡一样都不缺。长平笑眯眯地坐在上首，看着面前的佳肴，似乎非常满意。然后她就命服侍她的宫人，将云琅跟霍去病面前的佳肴，一份份地赏赐给了那些送东西来的官宦人家。到了最后，云琅跟霍去病面前就只剩下一盘子凉拌豆芽……

"还算有心！"长平用云家特有的铜勺子挖了豆花吃了一口，闭上眼睛仔细地品尝，然后就命宫人去厨子那里要秘方。五道菜吃了一遍，就要了五次秘方。霍去病跟狗腿子一样蹲在舅母跟前，一道道地讲解，反正云琅做饭的时候他就站在一边看着，而且，他已经吃饱了。云琅没工夫吃仅有的豆芽，光是写菜谱就用了一炷香的时间。

等他放下毛笔，长平已经吃完了，正在擦嘴，还有些不好意思地说："今天中午没什么胃口，没想到晚膳倒是进得多。"

云琅很想回答她，是啊，能把五道菜差不多吃光的女人还真是不多见。长平是从来都不剩饭的，她吃完饭，手里捧着霍去病敬献的擂茶，吩咐宫人们把剩饭吃光，不准剩下一粒米。两个宫人似乎也很开心，装了两大盘子米饭，然后就各种窃喜，看样子不可能剩下什么饭菜。

"擂茶？这倒是新鲜，味道不错，喝了五脏六腑都舒坦，走的时候拿一点。"话音刚落，见云琅眼巴巴地瞅着她，她莞尔一笑，指着宫人带来的藤箱道，"在里面，看你猴急的样子，一个小小的羽林郎就把你盼得脖颈都长了，可怜的……"

云琅很想骂人，又不敢，只好打开箱子，瞅着里面的铠甲跟印鉴傻笑。

"十天之后就跟去病儿一起去郎中令公孙敖那里入籍，想要更大的官，就要看你自己了。侯府只能帮你打开大门，至于能走到哪一步就看你自己的本事了。将相本无种，男儿当自强，我能做的、能帮的以此为限，男儿家不好扶持过甚。如果受不了军中苦楚，就回来，少府还是能进的。"

云琅捧着印信施礼道："长辈赏赐，云琅无话可说，大恩不言谢。"

长平笑眯眯地道："小郎可曾在淮南停留过？"

云琅迷惑地摇摇头道："蔡地在西，淮南在东，云琅未曾去过。"

长平叹息一声道："想来也是，只是这豆羹之术你是从何处习来？"

"豆羹？"

长平见云琅一头雾水，就指指已经被宫人吃干净的豆腐脑的碗。

云琅皱眉道："这是豆花，也叫豆腐脑，如果用麻布包裹，放入木盒，压上重物，就会变成豆腐，如果放在浅盘里面继续压榨，就会变成豆干。小子还从未听说过什么豆羹！"

长平叹口气道："蔡地云姓找不到你的踪迹……"

云琅一脸黯然地从怀里取出申报完毕的户籍记录简牍递给长平道："我现在是京兆阳陵邑人氏。"

"中山国乱，波及蔡地，逃户无数，云氏已经不可考。云琅，你告诉我，你因何会淮南王秘术？"

云琅听到长平说蔡地云氏已经不可考，绷紧的头皮立刻就松弛了下来。只是，淮南王秘术是什么？

长平继续叹口气道："去岁，淮南王进京，给陛下敬献了名曰豆羹之物，听说是黑豆制成。我恰好在座，有幸分得一碗，与你今日所做豆花极为相似，只是一个干，一个稀，与你所说的豆腐更为相似，只是你做的豆花闻不到丝毫的豆腥味儿，也比淮南王敬献的豆羹白润得多，你做何解？"

只要长平不追究蔡地云氏，云琅就毫无畏惧，皱着眉头小声道："淮南王是磨豆腐的？"

"磨？"

"是啊，把豆子泡水发涨，然后放在石磨上磨成浆，用麻布过滤掉渣滓，然后放进大锅里烧煮。如果此时不点卤，就是豆浆，喝起来与牛乳相似，每日喝一碗有延年益寿之功效。如果将少量盐卤水倒进豆浆里面，豆浆就会变成豆腐脑也就是豆花一样的东西。只要再把豆花挖出来，用麻布包裹压上重物，豆腐就成了。"

长平愣住了，过了片刻才道："这么简单？"

云琅皱眉道："这应该是人人都会的手艺啊，我还奇怪，让家中老仆出去购买豆腐，他竟然没有买回来，我只好自己做。难道说偌大的阳陵邑没有豆腐吃？等等……您说的淮南王秘术就是怎么做豆腐？"

第四六章 可怜的人

迷迷糊糊的云琅总觉得哪里不对头,淮南王他知道,那就是一个想当皇帝想疯了的人。难道说豆腐是他发明的?一个王侯不好好地治理侯国,研究什么豆腐啊?云琅别的迷糊,有一点却很清楚,离淮南王越远越好。在这个完全属于伪帝刘彻的时代里,谁敢跟他作对,只有死路一条。不论是匈奴王、大臣,还是藩王,凡是刘彻看不顺眼的,最后都死无葬身之地。

长平公主走的时候,云琅赫然发现,他居然答应与长平合伙开一家豆腐作坊。"豆菽比黍粟耐活,不挑地,反而肥地,种植豆菽之后的田地再种黍粟,收获要高于去年种黍粟的地。只是豆子吃多了胀气,不耐受,因此一直作为牲口的口粮种植。吃了豆腐则不会有胀气一说,算是真正把豆子的用处显出来了。这些天哪里都不要去,好好地琢磨豆腐,只要弄出来了,算你大功一件!"长平走的时候,交代的话有些语重心长,看得出来她的忧思很重。

云琅总觉得国家大事关他屁事,他只想好好地把埋始皇帝的那块地买下来,然后在上面种满荆棘、粮食、果树,弄一个大大的庄园,把可怜的太宰奉养到死，然后愉快地在大汉的土地上生活。反正这个时代高手如云，酷吏如雨，阴谋遍地，愚昧重重，皇帝又是一个心思重而且杀人不眨眼的大魔头，不用担心会被异族欺负，过好自己的日子就不错了，没必要强出头。世界上的能人异士无数，死得最多的就是喜欢出风头的。

丑庸关上大门，梁翁的老婆跟小虫一起给云琅做了一碗面条，云琅蹲在竹林下，大口地吃饭，看到婆娑的竹影竟然如同一头老虎，鼻子猛地一酸，眼泪吧嗒吧嗒地掉了下来。丑庸正要安慰他，就听云琅抽噎着道："以后不要给我拿独头蒜……"

藤箱里的铠甲很合身，这样小的铠甲军中并不多，直到云琅在胸甲里面看到了霍去病的名字，才知道是这家伙把他的铠甲拿来了。以前做梦都想要一身羽林郎的铠甲，现在它就被安静地放在箱子里，云琅却没了穿它的心思。羽林郎的制式武器很糟糕，至少比不上云琅自己的武器，而羽林军的武器已经是汉军中配置最好的武器了。秦国出品依旧是质量的保证，从这一点上看，大汉目前的战争潜力，还比不上大秦一统天下的时候。

在高楼酣眠最大的坏处就是容易伤风，穿堂风刮得呼呼的，也不知道那些高士为什么喜欢袒胸露乳在高楼上酣眠，云琅觉得这些家伙完全是为了出名而不顾自己的身体健康。到处漏风的房子睡一夜就伤风，云琅鼻子塞得厉害，勉强起身之后，让丑庸打来冰凉的井水，咬着牙把脸塞进去，全身打了几个寒战之后，浑浑噩噩的脑子终于渐渐变得清明。他最强大的武器就是脑子，现在是非常时刻，一个应付不对，就会成为淮南王的探子。不是探子的人也不知道被大汉廷尉府杀掉了多少，那是真正的宁可杀错不可放过的典范。

想要人家重视你，你就必须对人家有用处，想要人家特别重视你，你就必须表现出相应的价值。因此，云琅在筹建豆腐作坊的时候，非常热心。强迫自己喝了一锅小米粥的云琅，一大早就开始绘图，准备制造豆腐坊里所需的所有器具。这一次，长平没有直接把钱交给云琅，而是派了一个管事过来，负责所有器物的制造以及钱粮的支出。至于开店的地方，就在长平侯府的后花园，他们在墙上开了一扇临街的门，利用了靠着围墙修建的一大排平房，这里还有水、有阳光、有空地，作坊的场地问题就算是解决了。十几个明显是官家匠作的人在云琅提出需要大量木桶、蒸笼、木盒之后，他们锯木头的声响就一天都没有停止过。想要打造巨型铁锅，现在只有卓氏有这个实力，那个管事去了一趟之后，就脸色铁青地回来了，大锅的造价不菲。

这是一桩让人非常难以理解的事情，卓姬利用了长平的名头才保住了阳陵邑的铁器作坊，现在不知道发什么疯竟然敢为难起长平侯府来了。管事怒气冲冲地找主人去了，一副很难缠的样子。云琅觉得事情很不妙。卓姬是个傻蛋，平叟决计不是。没有十拿九稳的把握，得罪长平就等于得罪了死神。平叟在日落时分来找云琅喝茶，气色灰败，不断地喝茶却一句话都不说。

"既然已经决定翻脸了，你现在就指望你们背后的人能够帮你们挺住，如果挺不住，或者人家抽身走了，你们想死都没地方埋。"

"帮帮我，帮帮卓姬！"

"我现在也很倒霉，别看当官了，还没有白身的时候自由。人家要砍我，我连喊冤的机会都没有，因为人家会说对我执行的是军法。"

"丞相！"

听到这个名头，云琅就不由自主地打了一个嗝，然后整整一晚上就一直处在打嗝状态中。

"丞相啊！"

丞相，秩万石，月俸六万钱，率以列侯出任。伪帝刘彻任命御史大夫公孙弘为丞相，因其无爵，封为平津侯。从此之后，凡平民拜相者必封侯。《汉书·百官公卿表》云："相国、丞相，皆秦官，金印紫绶，掌丞天子助理万机。"丞相对百官有选举、任官、黜陟、刑赏的权力。皇帝对丞相礼遇隆重。按照大汉任免丞相的仪式规定，皇帝本人亲自出席朝会，在京六百石以上的官员必须到会。丞相觐见，皇帝必须在正殿具正式朝服接见。丞相奏事毕，辞出，皇帝要起立、送至殿门。丞相病重，皇帝要亲临问疾，并遣使送药。丞相死后，尸体从丞相府移私宅，皇帝要亲自上门吊祭，并赐棺木、葬地、冥器等。由此可见丞相地位之尊崇了。现在的丞相就是广平侯薛泽。大汉朝的那些风云人物云琅多少是有些记忆的，比如田蚡，比如公孙弘，至于薛泽，说实话，他真的没有半分记忆。

"你觉得是薛泽厉害，还是卫青加上长平公主厉害？"

"自然是卫青加上长平公主厉害。只是，长平公主发怒，卓姬与我最多没了家产，一旦得罪了薛泽，明日就是我们的末日。现在这样做不过是饮鸩止渴罢了。"

云琅奇怪道："他一个堂堂丞相，看上你们卓氏冶铁什么了？"

"曲辕犁！"

云琅惊讶道："曲辕犁关你们卓氏什么事情？要找应该找卫青或者长平才对啊。"

平叟痛苦道："曲辕犁是我卓氏出产的，丞相认为既然卓氏能造出第一架，就能造出第二架。"

"那就去造啊，犁头是你们打造的，废品还留在你们手里呢，照着样子再打造一个不就完了？"

"长平公主不许！"

"那么，长平知道不知道薛泽在打曲辕犁的主意？"

平叟绝望道："我就是刚刚从长平侯府门过来，今天在那里与卓姬跪在门口一整天，公主不见我们。"

云琅不由得笑了出来，看着平叟道："人家两个大贵族不愿意硬碰硬，所以就只好逼迫你们了是不是？其实只要你们死了，这事也就没了，对不对？"

平叟惨笑一声道："确实如此！如果不是司马相如为了当官把曲辕犁的事

情说给了薛泽听,也不会有我卓氏现在的困境。"

云琅笑道:"你觉得找我有用吗?"

平叟颤抖着双手捧着茶杯喝了一口茶道:"老夫六神无主……"

眼看着平叟佝偻着身体跨出门槛,云琅苦笑一声道:"我这里还有一幅图,图上的器具名叫耧车,原本是与耕犁配套的播种农具……"

话刚刚出口,云琅脸色突变,指着面有愧色的平叟道:"你们做得好绝!"

云琅只觉得自己的太阳穴痛得厉害,眼前无数金星飞舞,这些天被压下去的不适,一瞬间就全部涌了上来,他努力地睁大了眼睛,眼前却越来越黑。他最后听到的就是丑庸的尖叫声,丑庸的声音一向很大,这一次他却听得不是很清楚。

第四七章 梦境与现实

孤儿院的那栋白色的三层小楼在阳光下熠熠生辉如同神殿。神殿前面有一棵巨大的柳树，柳树的枝叶繁茂，硬是在晴朗的天气里遮出一片阴凉。云琅摇着小磨盘让它转得飞快，云婆婆用大勺子往磨眼里放泡涨的黄豆，一勺子黄豆下去，石磨周围就有白色的豆浆流淌出来，最后沿着石磨的凹槽流进石磨下的一个铁皮桶里。磨豆浆是云琅每天要做的工作，谁叫他是所有孩子中年龄最大的那个呢。胖嘟嘟的小朵儿把手指含在嘴里，痴痴地瞅着铁皮桶里的豆浆，怎么撵都不愿意离开。她最喜欢喝豆浆了，当然，如果有剩余的豆浆能做成豆花，她就更加喜欢了。只是云婆婆手里的笸箩已经空了，里面并没有多余的豆子，也就是说，今天大家只能喝豆浆，却不能吃到美味的豆花了。

"婆婆，我想回去修飞机。"云琅把最后一点豆子磨完之后就急不可待地对婆婆道。

云婆婆的眼珠有些浑浊，不如以前那么清澈，这是白内障的前兆。不过，云琅在说这句话的时候依旧不敢直视婆婆的眼睛。

"行啊，累了就换一种活法，没必要总是绷得紧紧的。你这孩子，什么都好，就是不会跟女人打交道，这都是命啊。"

"婆婆，不是我不好，主要满世界都是王八蛋，你的小琅被人坑得很惨。"

云婆婆笑了，只是牙床上缺少了两颗牙齿，让她的笑容显得有些滑稽："你呀，如果肯心黑一点，就不会被人家坑了。孩子，你是孤儿院里最聪明的孩子。"

"您也笑话我，我比小朵儿他们聪明我知道，因为现在除了我之外，别的弟弟妹妹都有残疾，我跟他们唯一的区别就是我不会尿裤子。"

"胡说！"云婆婆探出湿漉漉的手在云琅脑门上宠溺地拍了一巴掌。

"都是婆婆没本事啊，你本来有更加远大的前程，却因为我这个老婆子跟一群傻子弟弟妹妹，就近选了一个什么狗屁学校啊，出来之后最好的前程就是修飞机，唉……说了你也不听。"

云琅掏出手帕把靠在他腿上的小朵儿嘴角的口水擦干净，然后笑道："修飞机没什么不好啊，至少薪水高，一个月能多买不少黄豆呢。"

"屁话！你选择修飞机只能给我们多买点黄豆，如果你能有更大的出息，岂不是可以给孩子们买花生，磨花生奶喝？如果能再出息一些，不就能把这座小楼给推倒重建一座？如果有大出息，婆婆还想去梵蒂冈朝圣呢。"

"去啊，我不是刚刚给了您二十万吗？去意大利足够了。"

"混账，那是你贪污来的钱，怎么能用这钱去朝圣？用在孩子们的身上，还能化解你的罪孽，放在上帝的面前，只会让地狱之门打开。"

"哈哈哈，婆婆，我觉得我更喜欢地狱一些……"

云婆婆凝重地看着云琅，沉重地道："这是亵渎！"

"我觉得用地狱的手段解决问题更容易一些……婆婆你要去哪？"

云婆婆转身走了，她走到哪里，她的身后就变成了黑暗，走到哪里，哪里的光明就会崩塌……云琅惊恐地抱紧了小朵儿，小朵儿小小的身体却如沙子一般从他的怀里散碎，最后流得涓滴不剩。

"婆婆——"云琅撕心裂肺地大吼一声，翻身坐起。冷汗湿透了重衣，额头的汗水小溪一般涔涔地往下流淌，云琅双目恐惧地盯着面前的砖墙，身体抖动得如同秋日的落叶。

"小郎，您怎么了？您别吓我……"丑庸惊恐的声音把云琅从无边的恐惧中拖拽了回来。

云琅的眼珠子重新恢复了灵动，低声道："给我煮一碗姜汤，多放姜，三碗水煎成一碗，再给我多准备一些凉开水，凉开水里加一点盐，让我再睡一觉，身体就会恢复。"

丑庸慌乱地出去了，云琅就看到了骑坐在窗棂上孤独地喝着酒的霍去病。

"我小的时候疾病缠身，非常麻烦，我母亲就给我起了去病这个名字，可能真的起作用了，从那以后我就很少生病，愉快地活到了现在。"

霍去病的声音听起来淡淡的，似乎还有一点冰冷，他所谓的愉快，绝对不像他描述的那么让人欢喜。

"没那么愉快吧？"

"去你的，私生子能他娘的愉快到哪里去？"霍去病学说别人语言的天赋非常强大。

云琅笑了，指指霍去病，再指指自己道："差不多啊，我一直很奇怪，像你我这么优秀的人，为什么我们的父母好像都不太喜欢我们。"

霍去病在确定云琅不是在笑话他之后，点点头道："卫伉今天早上还说我是野种来着。"

"我不是挑事啊，要是我绝对不会忍的。"

"我没忍啊，我把他的肋骨打断了一根，看在我舅舅的份儿上，我要他记住，以后再敢说我一句，我就打断他一根肋骨。听仵作说人有二十四根肋骨，所以，他还有骂我二十三次的机会。"

"你舅舅怎么说?"

"什么话都没说,他一般不管这些小事情的,只要别打死打残。"

"我能动手揍他吗?"

"为何?"

"因为你舅母正在坑我。"

"那你就揍错人了,你该去揍平阳侯曹襄,那才是我舅母的儿子,唯一的儿子。"

"那人好揍不?"

霍去病叹口气道:"不好揍,主要是因为这家伙病得'海枯石烂'的,估计你一拳头就能活活打死他。死掉一个关内侯,还是曹参的后人,不抵命实在是说不过去。"

"那就算了,给一个死人抵命一点意思都没。"

"那个耧车给了吧,我们他娘的实在是狗屁的能力都没有,看以后吧。"

"可以,请长平公主帮我在上林苑骊山下、渭水边要一块地,我打算在那里试验新农具,当然,试验完毕之后,那块地应该属于我私人。"

"多大?"

"不超过三千亩,少了无法试验出效果。"

"理由?"

"这个就需要你舅母自己去找了,我只要去那里划地就好。"

"为什么一定是上林苑?"

"我一无所有,只敢跟陛下要他的地,也只有陛下在满意新农具之后才会心甘情愿地给我土地,且没有后顾之忧。如果不小心要了别人的地,我担心性命不保。"

霍去病冰冷的脸上浮现出一丝笑意,拍拍云琅的肩膀道:"好主意,等我获得了军功,我们一起在上林苑里置办庄园,骊山脚下、渭水边上,确实是一块好地方。"

"顺便告诉你舅母，豆腐作坊的工艺、器具我已经弄好了，只要按图索骥就没有问题。至于合股就算了，请你舅母折算成银钱给我，我想要去种地。秋日草木枯黄之后，正好放火烧山，灰烬可以肥地，只要赶在上冻之前把土地翻好，明年开春就不会耽误农事。"

霍去病笑得咕咕的如同猫头鹰，用力地拍打着云琅的肩膀道："早就告诉你不要过于崭露锋芒，阳陵邑里基本上没好人，你拿出来的好东西越多，惦记你的人就越多。这一次是那个司马相如拿你的曲辕犁向薛泽邀功，薛泽听说这事是我舅母在操办，立刻就打了退堂鼓。然后，哈哈哈，然后你就被人家装坑里了。我以为你起码会置之不理，或者见死不救，最好的结果就是你能向我舅母哭诉，没想到你居然入彀了，这完全出乎我的预料了。别说我，就是事情的始作俑者我舅母也愣住了，她只是想试试你人品，结果……哈哈哈，她现在尴尬地都不知道怎么见你。"

"少替你舅母说话，皇家人天生就是阴谋家，整天一步三计地算计人，她才不会有内疚这种感觉。意外可能是真的，至于尴尬，还是算了吧。"

霍去病笑道："不过啊，我舅母对我说你'可以为友'。这句话出自我舅母之口，算是对你人品的最高褒奖了。"

霍去病这一次离开的时候没有跳窗户，虽然还是有翻墙的坏毛病，却用了梯子。他刚走，梁翁全家以及丑庸就一把鼻涕一把眼泪地围在云琅身边像是在哭尸体。

"城里不好待，等我病好之后我们就去城外种地去，安安静静地过自己的日子……"

梁翁连连点头道："种地好，种地好，关上大门就是自己的天地，好人经不起外面这些人的折腾。老奴还想伺候小郎长大、成亲、开枝散叶呢。"

只有丑庸噘着嘴道："我们几个也种不了多少地啊。"

云琅笑道:"你看我的样子像是能赶着耕牛种地的人吗?"

梁翁嘿嘿笑道:"傻大女,小郎自然能找到种地的人。"

丑庸这才露出了笑容。

第四八章 刘彻的大嘴巴

楼车，是一种播种工具，就是因为这种农具的出现，田野里的麦子、高粱、谷子、糜子一类的作物才会形成整齐的行列。排成行列种植的最大好处就是可以通风，这对作物生长极为有利。楼车的出现，对减轻农人耕作强度，以及提高作物的产量都有着非常积极的作用。为了把这一段话写在简牍上，云琅用了七八斤简牍，如果算上先前楼车的构造以及制作方式，使用的简牍足足有五十斤。

"因何会写得如此烦琐？"

"工艺流程不敢删减，只求最详。"

"你家门外的那一箱金子你真的不收？"

"为什么不收？当然收！还有那一箱子茶饼也不会放过。"

"卓氏的赔礼非常有诚意啊。"

"都是小人物，也都是傀儡，有什么好生气的。只是从今往后，只在金钱上有往来就可以了，至于人情，已经被他们消耗光了。"

东西被丑庸跟梁翁费力地抬上二楼，人却没让进来。

霍去病打开箱子，惊讶地吼叫道："你家的金子为何成色如此之好？"说着话还往自己怀里揣了两个金锭。

"知道是我家的你还往自己怀里揣？如果你舅母肯让我把她家的金子全部重新冶炼一番，两成的火耗，就能把金子全部变成这个模样。"

霍去病计算了一下，然后疑惑道："这样一来我舅母没有什么损失，你也没有什么好处啊，你为何如此热衷？"

云琅看着箱子里的黄金迷醉道："我就是喜欢黄金金灿灿的模样，这才是财富的本来面目，灰不溜丢的东西怎么能表现出黄金的价值？"

霍去病举着两锭黄金仔细地在太阳底下研究，被云琅一把夺过来丢进箱子，然后一屁股坐在箱子上，他觉得再让霍去病研究下去，他的金子还会减少。

"我舅母进宫去了，成不成等到她回来就知道了，当今陛下的心思很难猜，没人知道他在想些什么。很多自以为了解陛下的人，现在快死光了。田蚡的大儿子昨天也倒霉了，武安侯的爵位被革除了，陛下似乎正在有计划地清除关内侯爵。"

"所以说要上林苑的土地有难度？"

"这就要看陛下对耧车跟你以前进献的元朔犁有多重视了。"

云琅心里很着急，他很担心太宰的老毛病会复发，这一次出来的时间太长了。然而，他什么都做不了，只能被动地等待，这种命运被人家决定的感觉，云琅已经很习惯了，就目前而言，他还没有打破樊笼的能力。

中午的时候身体依旧虚弱的云琅勉强喝了一碗粥就躺下休息了。霍去病则回到长平侯府帮云琅打听消息，他一直不明白云琅为什么一定要把家安在上林苑，无论如何都想不通，只好听之任之。

云琅躺在床上，脑袋里却如同开了锅一般，将来到阳陵邑之后自己的行为过滤了一遍。基本上没有大的漏洞，除了那个喜欢研究豆腐的王八蛋淮南王害他遭受了池鱼之灾以外，没有什么太出乎他预料的事情。蔡地云氏，只是史册上一段话，云琅以前研究自己姓氏的时候看过，他甚至记不清楚那段话说的那个时代。长平的调查有了一个明确的结论，那就是查无此人。这具青涩的身体，给了他极大的方便，如果不是因为年纪的缘故，他相信，以长平的谨慎，她一定会继续深挖下去的。

长平坐在回家的马车上也在思量云琅的问题。这个少年给了她太多的惊喜与惊讶，有时候让她觉得这个少年就不该属于这个世界。他的谈吐、行为、礼仪、学识全部证明，他不是一个平民子弟。想要调教出这样一个懂百工，通晓四艺的人首先就应该拥有一个博学的老师。然而，蔡地却因为中山国之乱，已经成了断壁残垣，不论有没有云氏的存在，终不可考。不论是新式冶铁法、新式记账法，还是曲辕犁，抑或马上就要出世的耧车，这些新的事物给了大汉极大的帮助，所有的物事都找不到出处，让云琅的身份笼罩在一团迷雾中。

长平知道，自从大汉一统天下之后，这片国土上的名山大川中，还隐藏着无数的隐士，这中间或许就有云琅的老师。在大汉没人敢轻视这些无名隐士，当年商山四皓出山，一举奠定了高祖太子刘盈的皇储之位，这让大汉皇室记忆深刻。长平已经不再怀疑云琅是淮南王的人，看看他敬献的这些东西，再说他是淮南王的人就是一个大笑话了。如果淮南王手上有了元朔犁跟耧车，他早就名满天下，被百姓视作贤王了。

皇帝对绢帛上的耧车视若珍宝，将作大匠亲自领命按照图纸制作耧车，并且将元朔犁与耧车视为皇家最高机密，直到施行天下之后才会解开。云琅要求的上林苑土地，被皇帝一口回绝，直到长平再三解说有必要在皇家禁苑里面建立一座司农寺农庄，皇帝才勉为其难地答应，在骊山脚下、渭水之滨划出一块三千亩的土地，专供研究培植张骞得自西域的那些良种。

"两千万钱！这就是这三十顷荒地的价格！"长平看了面前这个脸色苍白

的少年良久，才缓缓说出了皇帝的原话。

"这么说，农庄不但要为朝廷免费培植新作物，我还要用关中良田价格的十倍来购买这一片荒地。公主，这是陛下的另一种拒绝方式吗？"

长平公主点点头道："应该是，这还是陛下看在你已经是羽林郎的份儿上给的恩赐。当然，这价格是陛下随口说的，陛下说完之后自己都笑了。但是啊，君无戏言，假如你真的拿出两千万钱，这块地就是你的，且无人敢动你的土地分毫，即便是我汉家皇族也不能。"

云琅忽然笑了，苍白的脸上浮起两坨红晕，这让这个少年在这一刻美得不可方物。他的两只拳头握得紧紧的，青筋暴露，微微有些颤抖，只是脸上的笑容依旧和善。

"就凭陛下开了口，这三十顷地就值两千万钱，再加上长久两字，这块地我买了！"云琅的拳头重重地敲在案几上，只是表情变得有些狰狞！

云琅的表情变化全部落在长平的眼中，她端起擂茶啜饮了一口笑道："你得先有两千万钱！"

"我只有大概两百万钱！"

"不错啊，十来岁的少年一口气拿出两百万钱的可不多，剩余的一千八百万钱你打算怎么办？"

云琅挠挠脑袋尴尬地瞅着长平道："能不能先欠着？"

"哈哈哈哈……"长平笑得花枝乱颤，胡乱用手指指着云琅，上气不接下气地道，"欠陛下钱的人你算是我朝自开国以来的第一个。"

云琅笑道："这没有什么可笑的，只要运作得当，两千万钱没有您想的那么多。朝廷为筹措军资鬻爵的时候，两千万钱只不过是民爵乐卿的价格，不算多。"

长平笑道："鬻爵是国朝大政，岂能与土地相提并论？你先想想怎么弄到一千八百万钱吧！"

"真的不能欠钱?"

"真不行!"

"既然如此,耧车没有赏赐吗?"

"有,所有财物本宫为你换成钱财,大约一百万钱。如果你还有耧车一类的东西要卖,可以直接找本宫,总会给你一个好价钱。时间不急,陛下既然已经许诺了,只要你有两千万钱,就能立即找上林署划地。"

长平走得跟上次一样愉快,没有半点尴尬或者要帮助云琅的意思,跟霍去病说的完全不同。云琅叹了口气,皇家就是皇家,不把一个人的价值榨干,是不会松开鱼饵的。

"陛下发话了,你现在就算是想不买也不成了。"霍去病带来了一个不算大的箱子,里面放着十几个颜色各异的金锭,这是他全部的身家,其中祈福的金葫芦就有七八个,估计这是他每年收到的生日礼物。

"在大汉最赚钱的买卖是什么?"云琅将小箱子还给了霍去病,他很缺钱,但是啊,缺的是两千万钱,不是霍去病手里的几十万钱。

"东海有鱼盐之利,本一而利十。"

云琅摇头道:"算不得,区区十倍利,就要冒着违犯国法被杀头的危险,我们不干。"

"朔方牛羊满坑满谷,匈奴不知买卖,常常以一柄铁刀就能换取良马两匹,只需千里路途,就能有百倍之利。"

云琅摇头道:"匈奴喜怒无常,这样的生意做起来,被匈奴人抢劫杀掉的可能性也比做生意成功的可能性高一百倍,不可取。"

"听说有人去玄菟郡捕奴,如果有遇到颜色周正的扶余奴,经常获利千倍、万倍。"

云琅已经不指望霍去病能给出一个好的答案了,原来,捕捉高句丽人为奴,从高句丽这个国家还没有建立的时候就已经开始了。

"难道还有更赚钱的法子?"霍去病很不服气,他在军中也算是见多识广,这些法子都是听校尉们闲谈的时候说起的,被云琅鄙视,让他很不舒服。

"其实我有一个能在短时间内赚大钱的法子,就怕这事开始之后,就再也收拢不住了,我们如果干了,遗臭万年是肯定的……"

第四九章
良心，是赚钱的毒药

云琅刚把如何运作彩票的事情跟霍去病说了，这个非常有正义感的少年就把云琅按在地上，掐着他的脖子要他用最快的速度把这事忘掉。

"诱之以利，驱百姓不劳而获之心聚敛钱财，堪称丧心病狂！流毒天下！"这就是霍去病对卖彩票这事的看法。

"你看不习惯，你信不？我要是给陛下出这样的主意，他说不定就会把那块地白送我，要知道，我给他提供了一条民不加赋而国用足的好办法。不用官家出面，找一个豪商出头，官家最多做一下保证，一年弄几亿钱不算什么。"

"不行，你要是缺钱，我们一起想办法，这法子绝对不能用。用了就成千古佞臣了，我们将来还要建功立业、彪炳史册，不能因为这件事就坏了名声。"霍去病的态度非常坚决，可见这家伙也是一个心理不够强大的废物。

想了好一阵子，云琅不得不承认自己也是一个没用的废物，因为他也不敢把这法子在这个经济发展全靠农耕的世界里传播。会死人的，绝对会死人的，可能会死好多人……

"以后这种变态的法子不能想。"

"我刚刚还在想着把这个法子卖给你舅母呢！"

"她也不会同意的，我舅舅家的钱很多，我舅母的钱更多，他们不会用这个法子敛财的。"

"我说卖给她的意思是——她如果不给我钱，我就把这法子卖给卓姬这些商人！"

"你这是要挟！"

"对啊，你看看我这些天过得有多苦就知道我被你舅母要挟得有多可怜了。只许她要挟我，不许我要挟她，没这个道理吧？"

霍去病捂着耳朵大声道："换个法子，换个法子，你再想想，大不了我们一起上阵捞军功，军功还是很值钱的。"

云琅苦笑一声，摊开腿坐在木地板上，伤心地捧起一碗高粱饭慢慢地吃。红高粱米饭吃起来拉嗓子，配菜也只有葵和豆类的叶子，不但味道苦涩，还需要嚼很长时间才能吞下去，两片腊肉被切得如同纸一样薄，几乎是透明的，舌头舔一下就化了。这样的饭食在后世，估计金贵一点的猪都不愿意吃。自从云琅站在二楼大吼"我怎么这么穷啊"，梁翁、丑庸两个就再也不准备好吃的饭食了，云琅还有高粱米吃，他们四个人吃的全是加了黑豆的糜子饭。梁翁非常执着地认为，小郎之所以喊穷，纯粹是因为大家把小郎吃穷了。家里的钱财是用来买地的，这一点全家都知道，勒紧裤腰带买地是他们心中再正确不过的行为了。只要有了自家的地，以后永远都不会饿肚子。为了将来的富足，他们心甘情愿现在吃苦。

霍去病对这样的饭食似乎很适应，一大碗高粱米吃干净之后，又把那些粗糙的绿菜塞进嘴里嚼三两下吞咽下去之后笑道："还是比军中的饭食可口。"

云琅吞下最后的高粱米，放下碗筷瞅着碗里剩下的几粒米，若有所思地道："如果我制作出一种新式军粮，你舅舅愿不愿意出钱购买？"

"不用，将士出征，一伍携炒熟的粟米一百五十斤，肉干三斤，酱菜三斤，可供一月所食。"

"骑兵呢?"

"倍之!"

"这能吃饱?"

"山野有飞禽走兽可供猎取。山涧有野草木芽可供捡拾。"

"你们是野炊还是去打仗?"

"自然是作战! 好了，你就不要打军伍的主意了，军中所有，皆有成例，不得改动分毫。"

云琅仰面朝天躺在地板上，瞅着窗外的夕阳道："还是卖彩票来钱快，在这世上，只要想当好人，就一定会委屈自己，忍受磨难只为求一个心安。那些坏事做尽的人却个个活得龙精虎猛、快活无边的，真是羡慕啊!"

霍去病小声道："其实没必要这么着急的，我舅母正在为你想办法呢。昨日舅母回府的时候对我舅舅说，你是一个长着七窍玲珑心的大才，心思之巧世所罕见。虽然放之朝野会是国家的蠹虫，放之乡野一定是百姓的祸患，却一定要供养起来，一旦国家需要，就能解决大问题。所以啊，你耐心等待就是了，舅母迟早会解决这事，甚至不用你花钱。"

云琅坚决地摇头道："即便是你舅舅舅母帮着我把地拿回来了，我以后也一定会还钱，你知不知道，这个世界上最贵的就是不要钱的东西。"

"我舅母都夸你是国士了，你还要怎样?"

"算了，不跟你说了，国士一般都是死后才被称为国士的，活着的没人才，只有劈柴。"

霍去病虽然聪慧，到底还是年幼，弄不明白云琅话里的意思，见云琅听不进去自己的话，就打算离开，他没有求这人听他说话的习惯。

云琅一把拉住霍去病道："帮我弄匹好马，我最近要出一趟门。"

"去哪?"

"去天上!"

"滚!"

霍去病骂得很厉害,第二天还是骑来了一匹灰不溜丢的母马:"这匹马温顺。"

云琅骑上这匹马,在城里溜达了一圈之后,终于确定,霍去病说的是实话。这匹马确实很温顺,根本就不会跑,即便是拿鞭子抽也不跑,只会走!

"小郎,这是一匹专门供妇人女子骑的游春马。从小就被绳子绑住四只蹄子,只能慢慢走,跑快了就会摔跤,慢慢地,它就不会跑了。"梁翁爱惜地洗刷着家里的第一匹马。

丑庸跟小虫听说这是一匹给女人骑的马之后,就不愿意走开,站在一边跃跃欲试都准备骑马。云琅回到房间准备回骊山的东西,山里缺少的东西都被他装在一个很大的包袱里面,到时候只要绑在马背上就能走。其实没有什么好准备的,山里的物资可能还比阳陵邑丰富一些。一些膏药、点心、水酒、调料,被捶得很软的麻布,两件深衣,两顶帽子,被云琅装在背包里。还有一些小米跟大米,就只好挂在马脖子两侧。家里的黄金在云琅的再三要求下被霍去病拿去给了长平,就算是定金。

收拾好了之后,云琅就坐在露台上,瞅着丑庸跟小虫轮换着在院子里骑马。她们真的很开心,银铃般的笑声充满了小院子,让这座有些清幽的院落多少有了一些生气。

"小郎明日要走?"梁翁上了楼,坐在云琅对面小声问道。

"嗯,明天进上林苑,去看看我们的庄园选在哪里才合适。"

"是啊,是要好好看看,家里花一大笔钱买地,虽说是在置办家私,花用得太狠了,老奴担心会伤了家里的元气。"

云琅笑笑,从袖子里取出一个小包袱递给梁翁道:"这里有一锭金子、两锭好银，你收好了，就作为家里这段时间的花用，至于铜钱，全在楼上的小箱子里，钥匙在丑庸那里。我不在的时候，你们轻易不要出门，就在家里按照我留下的图样翻修我的房间，霍去病会时常过来，如果有什么不能解决的事情，告诉他，他自然就会帮你们出面。"

梁翁接过小包袱，当着云琅的面打开，确认里面的金钱与主人说的一致，就收进怀里，躬身道："小郎尽管放心，老奴等一定紧守家院，等小郎回来。"

云琅笑着点点头就重新把目光放在一惊一乍的丑庸身上。直到这时候，云琅才觉得丑庸跟小虫都很小，她们还只是孩子。这个时代的粮食是自然成熟的，至于人，却是被生生地催熟了。女子十二三岁初癸之后就可以嫁人了，男子十三四岁就可以拥有妻妾。小小的丈夫拖着小小的妻子满街乱逛的场面数不胜数。看着他们一个个用成年人的口气说话、办事，云琅就非常想笑。然而，他们却是认真的，非常认真，因为，这就是他们的生活，他们的命运。

云琅是一只在画面外飞动的蝴蝶，他不属于这张图画，不论他怎么扇动翅膀，画里面人、鸟、鱼、虫的生活似乎都不受干扰。这让他有一种自豪感，就像一个隐士走出困居多年的山洞，看着芸芸众生，如同神祇一般的俯视。

第五〇章 定计

披上羽林郎的红斗篷，就该纵马狂奔，这不关嚣张不嚣张的事，而是唯有狂奔才能让斗篷飘起来，如此才能彰显羽林郎之威。游春马自然是跑不起来的，云琅的披风就只能有气无力地耷拉在身上。大路上从来就没有不嚣张的羽林郎！因此，不得不守规矩的云琅就非常刺眼。一匹高头大马从云琅身边嘶的一声就过去了，踢起来的尘土笼罩着他，等游春马从尘土里出来之后，他早就变得灰头土脸。

"窝囊！"一个羽林骑从云琅身边走过，鄙视的眼神差点把云琅从马背上掀下去。

他回头一看，身后全是羽林骑，看铠甲的样式都是些小卒，铠甲远没有云琅身上的好看。羽林的前身乃是建章宫骑，最重上下尊卑，云琅这个羽林郎在前面不愿意快走，他们也只好跟在后面慢慢走。游春马是最好看的一种马，肥硕、健壮、整洁，再加上刚刚被丑庸跟小虫整理过鬃毛，那些羽林军虽然心有不满，却不敢上前打扰。只是刚刚被驻扎在细柳营的北营军超越，才让一个脾气暴躁的羽林爆发了。

云琅笑道:"有紧急公务的就赶紧滚,没有紧急公务的就一起走走。"

一个看起来二十来岁已经是人群中年龄最大的羽林拱手道:"不知郎官身属哪一营?卑职在羽林已经三年了,还是第一次见到您。"

云琅取出印信丢给那个羽林道:"我叫云琅,刚刚加入羽林,还没有去公孙校尉那里点名,你看着眼生很正常。"

看过印信的羽林恭敬地将印信还给云琅,拱手道:"原来是击败了霍去病的云郎官,孙冲见过郎官。"

云琅笑道:"还没有在校尉那里报名入帐,还算不得羽林,孙兄客气了。"

孙冲有些苦涩地道:"未曾报名,已经官至羽林郎,云兄好运气。"

云琅见孙冲说得苦涩,扑哧一声笑道:"沾了长平公主的光,否则我没资格入羽林。"

听云琅这么说,孙冲脸上的晦暗之色顿时就消失了,在马上坐直了腰身,点点头道:"原来如此!既然郎官喜欢慢慢观赏美景,我等就不打扰了,日后营中再会。"说罢就随便拱拱手,带着一群羽林沿着大路狂奔而去,又给云琅留下了大片的灰尘。

这一次,云琅是有准备的,灰尘刚起,他就用斗篷包住头和脸,等灰尘散去之后,才掀开斗篷,那些羽林已经跑得不见踪影。这就是云琅想要达到的目的。没必要跟这群人过于亲近,按照史册记载,最早的一批羽林战死的概率大于九成九,万一跟他们成朋友了,以后会非常伤心。对于那些为国战死的英灵,云琅向来都是报以最大的尊敬。只是,他非常不愿意自己身边的人成为英灵,他不敢想象那是一种怎样的痛惜之情。说明自己是依靠长平公主的威势进的羽林军,一来可以让那些经过千锤百炼之后才成为合格羽林的将士心理平衡一些。二来,关系户的名声传出去之后,将会减少非常多的麻烦,同时获得一部分人的理解。很显然,孙冲就很理解云琅,一个没本事的关系户而已,或许能占一时的先机，却对他们这些想要从军中捞取战功光宗耀祖的人没有威胁。就凭云琅骑游春马的样子，都不可能被选中送上战场。有了长平公主的名头，即便是公孙敖都不会对云琅太过分，最多视而不见。这恰恰是云琅最喜欢的一种存在方式。

听霍去病说，羽林会把最好的战士送到军中，然后，最好的战士会在军中冲锋陷阵，所向披靡。冷兵器时代里，最勇猛的战士往往是人家重点"照顾"的对象，尤其是狼牙箭"照顾"的对象。羽林的赫赫威名都是前人用血书写成的。云琅期望羽林军成为大汉的中流砥柱，因为这是他心中谋划的最重要的一环，也是他唯一能让皇帝忌惮并且永远关注他，却不会伤害他的办法。

关中的麦子五月就熟透了，因此，田野如同癞子的头皮。没毛的地方是已经收割的麦田，没有收割的是糜子田地，谷子地里的谷子正在被收割，沉甸甸的谷穗快要垂在地上，让人看着就欢喜。这一次，云琅没有走进糜子田采火穗吃，守卫在田地边上的宫奴眼睛瞪得好大，警惕地看着每一个路人，防止他们走进田地里偷谷子。

农忙时节，山林里的猎夫们不见了踪影，再加上云琅的红披风有让鬼神辟易的效果，总之，他一个猎夫都没有遇到。伤害羽林的后果是可怕的，不论是国法还是羽林中别的人都不会放过凶手。而羽林中人处置这种事情的时候，一般都是以事发地为圆心画一个圆圈，然后把圆圈里的所有生物统统干掉。袭击建章宫骑与谋反同罪！

游春马很聪明，走到山林位置之后，就不愿意往前多走一步，老虎的尿液对它有着天然的威慑力。不过，这种马也非常死心眼，当云琅跳下马牵着它前进的时候，它就非常乖巧地跟着走，虽然很惊慌，每一步却踩得很稳。云琅没有直接上山，而是准备在弄死三个猎夫的小屋里停留一夜再走，他不是很确定身后有没有人追踪。这座死过人的木屋，很显然被猎夫们抛弃了，里面再也没有准备好的食物和柴火，火塘里的柴灰冰冷，甚至因吸收了太多水分凝结成块。云琅拖来了一棵枯树，用宝剑砍成柴火，不一会就升起来了一堆火。傍晚的时候，山岚阵阵，风从平原上、河面上吹过来，引发了阵阵松涛。

一个人的时候，云琅总是非常自在，不论是煮茶，还是烤肉，都得心应手。游春马越来越不安，云琅笑着忍住了想要呼唤大王的冲动。他相信，只要他走进松林，老虎大王就该收到他到来的信息。老虎知道了，太宰也自然就会知道，他或许不相信云琅会出卖他，却一定会探查一下云琅有没有被有心人盯梢。饭菜，自然是要做三份的，太宰的面条，云琅的米饭，老虎的猪腿，一样都不能少。

当游春马惊惧地围着云琅转圈子的时候，就听门外有人道："把马牵出来，要不然一会被老虎吓得屎尿齐流的，还怎么吃饭。"

听到这个熟悉的声音云琅心里就暖和，刚刚把门打开，就被老虎扑倒在地上，好在，他很有先见之明地戴上了一张面具，才逃过老虎的大舌头。太宰一把抓住游春马的缰绳，将它牵了出去，这才没有波及刚刚做好的饭食。老虎跟他亲热了好久，才把注意力放到烤得温热的猪腿上，它把猪腿叼到一块干净的木头案子上，这才用两只爪子按住开始大嚼。

"又长高了一些，咦，从哪里弄来的羽林军服，还是郎官！"

云琅把印信递给太宰，得意地道："伪帝刘彻给的。"

太宰研究了一下印信撇撇嘴道："这是昔日大秦宫骑的腰牌，去掉了最上面的秦钮，就成羽林郎官印信了。这次出去有什么收获？"

云琅笑道："收获就是我成了羽林郎，有资格购买骊山脚下、渭水之滨的土地，倒霉的就是伪帝开价两千万。"

太宰咬咬牙道："如果变卖遗物，应该可以凑齐这笔钱。"

云琅嘿嘿笑道："别傻了，这是人家在为难我，我一个孤儿，要是能轻易地拿出两千万钱，人家才会怀疑呢。说白了，根本就不是钱的事情，皇帝跟一个小小的羽林郎做生意才是天大的笑话。"

"那该怎么办？"

"其实是好事，你别忘了，但凡是皇帝都有一言九鼎的坏毛病。只要我凭借一己之力赚到了两千万钱，这块地就铁定会属于我们。我现在要做的就是慢慢敲定脚跟，让人人都知道皇帝曾经说过这样的话，最后做成这一桩可笑的买卖，并且让它成为铁一样的事实。"

太宰叹息一声道："我久在深山，对这些已经非常陌生了。"

云琅瞅瞅太宰已经大半花白的头发，心头一软低声道："我来办，你不用担心，我不在的日子里，你可曾发病？"

太宰苦笑道："都是贱毛病，你在的时候心神松懈，万病齐发，你不在的时候，我就什么事情都没有。"

"鹿奶一定要每天都喝，一顿都不能少。我们还要一起努力，在始皇陵上修建一个大大的庄园，让这里成为人烟密集之地。只要经过几年改造，我想，即便是当年修建皇陵的人复生，也认不出这里的原貌。将始皇陵从天外天搬进人间，才是对他最好的保护。"

太宰点点头道："你是对的，我们以前只是简单地防护，只要有人进来，就会被斩杀，这些年死在这里的人越来越多，终究有一天，会被人看出蹊跷来的。杀人隐瞒，终究不是长久之计。"

第五一章 骗人是一辈子的事情

跟太宰在一起算是云琅最轻松的时刻，端着饭碗边吃边聊，让他很容易就找到跟云婆婆在一起的感觉。不论说的是什么，对不对，都不用顾忌，就像他以前跟婆婆讨论贪污这种事情一样。婆婆只会跟云琅讨论此事可行不可行，而不会在道德层面指责他。只因为婆婆对云琅的品质有着绝对的信心，但凡有一点可能性，他都不会去干这种事情。话说到这里的时候，很多人可能会对他们两个人的品德一起发出质疑之声。只可惜，在很多时候，不是你想当好人就能当好人的。当云婆婆为了让所有孩子吃饱饭，有衣服穿，有机会治疗伤病，在山穷水尽之时去卖血，去跪地求人的时候，云琅就不认为自己贪污是什么可耻的事情，拿到那些所谓的赃钱也没有任何的不安，只有无尽的喜悦。天大地大，先让弟妹们吃饱饭才是最大的道理，至于别的，再说吧！只有当婆婆跪在简陋的十字架下整夜忏悔的时候，云琅才会难过。不是为自己的行为难过，而是为自己不能弄到更多的钱财而难过。这种环境下长大的孩子，全都是所谓的精致的利己主义者。别人，乃至他的女朋友这样指责他的时候，他一般都是沉默不语的。无论如何贪污都是错的……这个最正确的价值观让云琅所有想要辩解的话最终都堵在喉咙里，一个字都出不来。

"老虎给你断后的时候，发现了两个身份不明的人，不过，他们距离你很远，只知道你进入了这片山林，却不知道你在山林里干什么。在他们想要走进山林的时候被老虎吓跑了。"太宰吃了两口面条就放下饭碗，担忧地对云琅道。

云琅一边吃饭一边含糊地说道："长平公主对我的来历一直抱有怀疑，卓氏冶铁作坊的阴阳门下的平叟也对我的来历持怀疑态度。追踪我的人不外乎来自他们两人。不要紧，只要他们没有看到你，我总会自圆其说的。"

"问题是谎言就是谎言，总有被戳穿的一天。"

"那不一定，我如果能够持之以恒地骗他们一生，谎言也就会变成真实的。"

"你确定你能骗他们一生？"

"这是我努力的方向。"

"不回去看看？"

"不看了，我就是来看你跟老虎的，该看的全看了，明天就该测量这片土地，看看庄园究竟该安置在哪里比较好。"

"安置庄园的地方一定要避开陵寝，也不能损害陵丘，你下回再来的时候，我带你进一遭皇陵，方便你确认。"

听太宰这么说，云琅皱起眉头道："怎么还没有把墓道封死？"

太宰叹息一声道："始皇帝留下遗旨，说他还会回来的！"

云琅一巴掌拍在自己的脑门上痛苦地呻吟道："你信吗？"

太宰的眼神有些忽闪，低声道："信吧，毕竟徐福当年敬献了不老药的。"

"带着三千童男女远渡重洋的徐福回来过？他敢回来？"

"始皇帝大葬的时候回来的，还亲自将一枚不老药放进了始皇帝的口中。"

"哦……你看，这就是骗人有始有终的典范。我想，做完这件事之后他一定披发入山，不知所踪了吧？"

"没有，当场伏剑自杀……临死前还说自己会归来，始皇帝也会归来！"

云琅呆住了，过了片刻他才钦佩道："吾辈楷模！"

太宰犹豫了很久，才对云琅道："按照太宰法度，每一任死去的太宰都会被安置在皇陵里面，我这一生已经完蛋了，你如果想要放下断龙石以绝后患，我想、我想留在里面……"

云琅再一次放下饭碗叹息一声道："没好好活过，那就好好地活，怎么就要一条道跑到黑，把自己的一生弄得如此悲伤，也让我伤心？"

太宰的眼睛在火光下熠熠生辉，兴奋地拉着云琅的手道："如果你不是用那种神奇的方式出现，我只会认为我的死亡只是殉葬。自从我发现你从半空中平白出来，我就觉得神灵确实是存在的。太玄奥了，你不知道，当我发现你被烧焦之后都能重现生机，差一点以为你是始皇帝复生。如果不是后来确定你不是始皇帝，我早就向隐秦一族发出始皇帝复活的消息了。"

云琅目瞪口呆："如果我活过来的时候，对你说的是……'朕回来了'这句话，你是不是会立刻低头就拜？"

太宰连连点头道："那是自然，我父祖等了一生，我等了这么些年，你说我会是一个什么反应？"

云琅绝望地朝后倒去靠在老虎软软的身上呻吟道："亏大了，亏大了……原本可以当皇帝的，结果成了守墓人……果然是一念天堂，一念地狱。"

老虎趁机舔了一下云琅的脸，云琅就像是挨了一记耳光一般，脸上顿时没了知觉，大怒之下，张嘴就咬住老虎毛茸茸的耳朵，用力地咬，一人一虎又纠缠在了一起。太宰笑了，笑得极为开心，一碗面条被他吃得酣畅淋漓，精神上的愉悦让他的人生得到了极大的满足。剩下的谈话就变成了垃圾话，太宰努力地要把隐秦一族的秘密告诉云琅，云琅总是顾左右而言他。照顾一个始皇陵已经让他心力交瘁了，再来一群矢志要反汉复秦的老秦人，他觉得自己将来的人生一定会偏离他混吃等死这个伟大目标。他不想成为一个名垂青史的人，更不想成为一个著名的反抗暴政的英雄。这两种人的下场都不是很好。

天快亮的时候，太宰狠狠地拥抱了一下云琅就要带着老虎走了。老虎叼着云琅的衣襟不愿意松口，即便被太宰红着眼睛踹了两脚，依旧不愿意松开。云琅抱着老虎硕大的脑袋泪如雨下。

什么样的事情也不能阻碍太阳从东边升起。因此，云琅站在一处高坡上，看着红日感慨万千：自己的生活真是美得不可方物，被不知道什么人或者什么神从锦绣现代丢垃圾一般地丢到大汉，遇到了一个把殉葬当成自己最高人生目标的蠢货，还丢给他一个埋着伟大皇帝的陵墓要他继续守着。云琅知道太宰想干什么，他之所以要把自己埋进皇陵，就是以自己的尸骨为要挟，要云琅把这座皇陵当成自己亲人的坟墓，而不是一个装满各种奇珍异宝的宝库。挖祖坟跟挖宝库是两个概念，太宰就是看中了云琅这种重亲情的坏毛病，才这么肆无忌惮地祸害他。

"人啊，就不能有点好品质，一旦有就会被人家利用。"云琅面对越来越炙热的太阳，长叹一声，就回到了树荫里，关中七月的太阳根本就不是人所能承受的。

不过，坏事中总有好事发生，就像股票都要跌停了，偶尔也会向上跳动一下，如同诈尸，给悲伤的人最后一丝安慰。游春马会跑了！畏惧老虎的自然本能，让它突破了后天的禁锢，在荒原上狂奔起来。它跑得如此之快，以至于云琅的红色披风被风扯得笔直，他好几次差点从马背上掉下来。

卓蒙单膝跪地隐藏在草丛中，看着云琅在荒原上纵马狂奔，恨恨地吐掉口中的茅草，抬起来的长弓缓缓收了起来。自从腿被云琅粗暴地用一把小儿玩具一般的短弩射穿之后，他就很想在云琅的腿上也来一箭。他忘不了，大夫给他取弩箭的时候所说的话：忍痛，忍着，再忍着……快出来了，再忍忍，还有最后一根倒刺……这一忍就足足忍了一个时辰，最后还是大夫用锉刀锉平了后面的铁羽，把弩箭硬生生地从后面掠出来了。幸好，伤口没有溃烂，如果溃烂，就要把整条腿锯掉，如果伤口再溃烂……卓蒙就不愿意想了。杀掉云琅这种事他曾经幻想了一千遍，只可惜，一想到平曳那张能把水冻成寒冰的脸，他就立刻打消了这个念头。

第五二章 咸鱼

就在卓蒙咬牙切齿地放下长弓的时候,在离他不远处的一棵树上,也有一个人收起了长弓。树上之人领到的命令有两个,一个是保护云琅不要出意外,另一个就是看看云琅在干什么。昨晚突然出现的老虎吓了他一跳,而一爪子撕开他坐骑的脖子之后不吃,却立刻消失的老虎他还是第一次见到。这让他非常担心云琅会被老虎吃掉,不管从哪一个角度来看,那个长得如同兔儿爷一样的少年,不可能打得过那头锦毛斑斓的猛虎。所以,当云琅清晨站在山包上鬼哭狼嚎的时候,没人知道他的心里有多么欣慰。

公主殿下是一个和善的人,这是大汉国上下公认的,长平侯爷也是一个待下宽松温和的人,这也是大汉国上下公认的。只有他们这些公主与侯爷身边最亲近的奴仆,才知道公主跟侯爷是多么和善。来之前,郎福已经仔细阅读过其他人搜集到的关于云琅的所有文书,包括云琅身上的武器模样、他的衣食习惯,以及所有传闻跟调查的事实。他如今要做的就是继续不断地丰满这个文书。郎福已经很久没有被派遣过做这样的任务了,这让他非常重视。

卓氏有暗算云琅之心！郎福心中暗暗有了打算。云琅在测度土地，并且绘制了山川地形图。这是跟踪了云琅一整天之后得出的结论。至于昨天云琅脱离视线一夜的事情，郎福也找到了结论，那就是云琅在那片山林里有一个小小的破旧的临时居住地。他甚至在那间小木屋的外面，找到了三具已经腐烂不堪的尸体。其中一具尸体脱落的头皮下，赫然有短短的半截铁针，拔出来之后经过比较，发现与云琅身上的铁针如出一辙。另外一具尸体脑袋上也插着一根铁针，位置没有第一具尸体上的正，看样子是慌忙插上去的。至于第三具尸体胸口上巨大的创伤，他只是看了一眼跟尸体埋在一起的匕首就明白是怎么回事了。看完尸体，郎福对云琅的欣赏之意更加浓厚，他甚至只要稍微推敲一下就能复原出事情发生的经过。此子极善操弄人心！这是郎福在鉴定云琅的报告上，下的最后一个评语。

云琅带着一匹马，在荒原上停留了足足两天，在这两天里，他对皇陵以及这里的山川地貌有了一定的了解。当他来到一片荒草格外稀疏的地方，露出了奇怪的笑容。如果两千年来这里的地貌没有发生翻天覆地的变化的话，按照始皇陵巨大的封土堆计算，他脚下这片距离始皇陵五里远的土地就该是兵马俑的所在地。夯土层不适合植物生长这是一个常识。云琅准备把这一片土地当作自家的陵园，只要是自己庄园里的人去世，都可以埋葬在这里。他相信，这里迟早会变成一片巨大的乱坟岗！反正这里的夯土层很厚，不担心有人会向下挖几十米。至于埋在地底深处的兵马俑，正好守卫这里死去的灵魂。不知不觉，一幅山庄图，就在云琅的笔下形成了，哪里是农田，哪里是谷场，哪里是墓园，哪里是庄园，都有了非常明确的布置。最后一笔落下的时候，正是太阳西下的时候，浑浊的渭河被残阳照射得如同血一般殷红，有几处波浪泛着金花，美得如同一张油画。"始皇帝真会选地方，把这地方选作自己的墓地。在这里修建庄园，这眼光，除了老子之外也没谁了吧？"云琅再次欣赏了一下自己的杰作，满意地收回了绢帛。

游春马再次惊慌起来。云琅朝不远处的那片松林看了一眼,就跨上了游春马,不用扬鞭,它就疯狂地沿着大路狂奔起来。云琅隐隐听见一声悲凉的虎啸,长叹一声,把身体伏低,减少一点风阻,好让游春马能跑得再快一些,至少能在天黑前,进入不远处的羽林军营。

事实证明,游春马跑得还是不够快。等云琅来到羽林军营的时候,军营已经关闭,这个时候,就算是皇帝来了,大营的大门也不会打开。规矩原本不是这样的,自从周亚夫不让文皇帝半夜进细柳营之后,大汉军队就有了这样的规矩。同样没能进入军营的人很多,没人鼓噪,纷纷找了一块干爽的土地,倒头就睡,准备等明日再进军营。云琅也是如此,只是刚刚躺下,就听到躺在他身边的羽林饥肠雷鸣。刚刚就是这个羽林见他是郎官,把一小块干爽的细沙地让给了他。云琅的干粮还剩下很多,军营外面禁止大声喧哗,他就取出一块饼丢在了那个羽林的身上。羽林惊呼一声,马上就把目光投向城寨顶上,果然,已经有一个家伙举着弩弓瞄准了这里。他赶紧低下头,抱着饼子狼吞虎咽起来。

一块饼吃完了,他如同蠕虫一样挪动到云琅身边低声道:"多谢郎官,不知还有没有这种麦食?我家小弟也没吃。"

"你妹啊,刚刚吃的时候怎么没想到你弟弟?"

"标下没有妹子,弟弟倒是有一个,刚才饿昏头了,没想起来。"

云琅没好气地又丢给他一块饼。给出了一块,然后就给出了两块,很快,他的干粮包袱里就一块饼都没有了。城寨上面的军士非常好奇,城门外边原本乱七八糟横躺着的晚归军卒,现在已经聚成了一疙瘩。一支火箭落在最中间,云琅漂亮的郎官铠甲就暴露在火光之下。

一个巡营的郎官怒骂道:"身为郎官,也没有及时回营,这是羽林之耻!今天带队出操的郎官是谁?"

"徐正!"另一个身着郎官铠甲的羽林恶声恶气地道。

"不对啊,老徐已经回营了,晚饭我们一起吃的,还喝了一角酒。"

"不管了，明日就知道是谁了，到挨鞭子的时候就知道郎官晚归是个什么滋味儿了。"

这些话云琅听得真真切切，低声问旁边的羽林："你们今天出操了？"

羽林有气无力地道："全副武装，狂奔五十里，日落前没有归营，没有晚饭，明日也没有早饭，还要继续出操。三次未能归营者，革出羽林卫。郎官，您很面生啊。"

"我是前来报名入军的。"

"啊，看在您的食物分儿上，标下劝您，如果明日不是最后报名入军的期限，您最好在日出前离开，养好精神再来。这些天，公孙大魔头不知道发什么疯，死命操练，再来两次，耶耶就要死了。"

"怎么会这么惨？"

"惨？这算什么，郎官，看您细皮嫩肉的，一看就是功勋之后，就您这样的，要是不被公孙魔折腾死才是怪事情。"

"为何？"

"为何？公孙魔总是说现在的羽林全是废物，进羽林卫的人一代不如一代。还说你们这些功勋之后，倚仗长辈恩泽，轻易就能进羽林，自己还不学无术，文恬武嬉最坏风气。"

"郎官也不放过？"

"郎官？郎官算什么，检校校尉都跑得屎尿齐流啊，就是上个月岸头侯张次公家的老二张自。因为那一次的事情，大家都叫他屎尿校尉，他受不得辱，拔刀砍掉了一根手指发誓，说什么再也不会落后。结果，十天前又没能按时回营，觉得没脸待了就直接回家了。第二天下午就被他爹捆着送来，人都被抽烂了……惨啊！"

"这他娘的还是亲耶耶吗？"

"这话问得好，是亲耶耶，只是母亲是侍婢。这么说兄弟你是嫡子？"

"独苗！"

"啊哈，独苗来什么羽林啊，将军不会让独子上军阵的。"

"谁要上军阵了？耶耶是来羽林混日子的，顺便看看有没有机会混点便宜军功！"

周围的羽林军校听了云琅的话，齐齐挑起大拇指夸赞道："有志气，来羽林不想出战，又想混军功的，您是头一位！"

云琅低声笑道："万一成功了呢？告诉你们，人，一定要有梦想，没梦想他娘的跟咸鱼有什么区别。"

"有道理啊，咸鱼兄，小弟在此祝你混军功成功！"

"哈哈，客气，客气……"

疲惫的军校们嬉笑了一阵子就鼾声如雷。天亮的时候，却再也找不见那位咸鱼兄，这让很多军校以为自己昨晚只是做了一个梦。

第五三章 我想有个美丽的家

"我想有个家,一个只需要三千亩的家,在我疲倦的时候,我会想到它。我想要有个家,一个只需要三千亩的地方,在我受惊吓的时候,我才不会害怕……"云琅是唱着歌回阳陵邑的。

游春马在老虎的威胁下,彻底释放了奔跑的天性,现在,不让它跑,它都不干。或许是这匹马被训练过,舞步走得很漂亮,哪怕是扬起前蹄嘶鸣,也会呈现出最美的一面。跑起来不但快,而且稳当,最重要的是人家见识过老虎这种大场面,在路上遇到耕牛、驴子一类的动物,没有丝毫的畏惧之心。哪怕是在集市上突然听到锣鼓声,它也岿然不动,甚至都懒得看声音的来源。云琅觉得这样的宝马很难得,决定有空的时候再跟霍去病要两匹。至于不会跑这种事对他来说已经不是事,只要让它们多见见老虎就好了。

马头才出现在大槐里,就听见梁翁扯着嗓子大呼:"小郎回来了,小郎回来了!丑庸快去准备热水,小虫准备饭食……小郎回来了。"他自己一个箭步冲过来,拉住游春马的缰绳,泪眼婆娑。

"被人欺负了？"

梁翁摇头。

"钱丢了？"

梁翁继续摇头。

"小郎你不在，老奴这心里空落落的。"

云琅理解地点点头，主人家要是不在，而且超过一定的时日还杳无音信，官府会把仆人抓去问话的。一般来说，没什么好下场，被重新发卖已经是最好的下场了。云琅被丑庸跟小虫一人一只胳膊拉着进了家，全身都感到舒畅，就是这个院子实在是小了点，霍去病两个纵越就翻墙过来了。

"我见豆腐作坊都已经开始出豆腐了，先拿两百斤过来让我大补一下，这四天，可是要了我的老命了。"

霍去病不理睬云琅要豆腐吃的屁话，张嘴就道："你真的去看地了？"

云琅得意地从怀里掏出一卷子绢帛丢给霍去病道："好好看看，这才是人住的地方。"

霍去病看地图没有阻碍，事实上这个时代的地图就是看图说话，画上有楼阁的地方自然是庄园，有草木、水池的地方自然就是花园，有墓碑的地方自然就是墓园，被分成方方正正格子的自然就是农田。看得出来，整座庄园处在一个缓缓的斜坡之上，从渭水之滨一直延伸到骊山脚下，背山面水，左高右低，正是难得的好地方。

"你看啊，我在这里发现了一道山泉，泉水丰盈，可以在山谷里修建大坝，留住这些泉水，让泉水池子里的水面升高，然后在这里放置水车。让水车自动把低处的水引往高处，这样一来，高处的这片荒原就会变成水浇地。一般大水车可灌溉农田六七百亩，小的也可灌溉一二百亩。你别看我，我不会告诉你水车是什么样子的，除非你舅母快点把地弄给我，否则我打死都不说……水流从高处倾泻而下，在带动水车将水提到高处之余，下游还可以安装水磨……

你不用问，水磨是什么我也不告诉你，想要知道就催……好了，好了，再掐就掐死了。"

霍去病终于松开了手，瞅着云琅道："你怎么会这么多的机关消息之术，莫非你老师是墨家矩子？"

云琅木然地瞅着霍去病道："跟我在一起是不是总觉得脑子……啊不，心思不够用？"

霍去病摇头道："没有……"

"真的？"

"好像有一点，只要你不说水磨、水车之类的东西就没有问题。"

"好吧，我以后再也不说这些东西了。"

霍去病高兴地道："这样好，这样好，明天我带你认识一些人，岸头侯家的张自你知道吧？"

"这人没被他耶耶打死？"

"快了，不过啊，他终于通过羽林测试了，虽然检校校尉没了，变成了羽林郎，他还是决定在长相思宴请众位兄弟。你以前不是羽林的人，不能去，现在是郎官了，有资格去。"

云琅想想那个叫作张自的可怜鬼，吞咽了一口口水道："你其实是想让我看了张自的惨状之后打退堂鼓吧？"

霍去病哈哈大笑，拍着云琅的肩膀道："没有的事情，只是让你看看好汉子是什么样子的。"

云琅笑道："你怎么就知道我在羽林混不下去？现在想看我笑话还早了点。"说着话他探出身子对院子里的梁翁道，"今天不要吃高粱米，你们也不准吃黑豆糜子，全吃稻米，不准是糙米！"

霍去病挠挠头发道："你不过日子了？"

云琅白了霍去病一眼道："你舅母会帮我出买地的钱！"

"为何？"

"因为你会告诉你舅母水车跟水磨这两个事物，然后他们就愿意为我出钱了。先说明，这笔钱我是不还的，同样，我的水车、水磨做好之后，你舅母拿去干什么我也不问。"

"这两样东西价值两千万钱？"

"我只能说，一两架可能不值，放眼全大汉就千值万值。如果你舅母嫌贵，我可以把这东西卖给别人，我相信，丞相薛泽应该很有兴趣。"

霍去病满意地拍拍云琅的肩膀道："这个忙我帮了。"

"你越来越无耻了。"

"跟你在一起，我如果不无耻一点，可能活不下去。你看，我甚至打算多读一些简牍，好让我变得更加无耻一些。"

霍去病还没有回家，长平就已经知道云琅在骊山脚下干的所有事情，包括他杀了三个猎夫的事情。卫青听了之后，微微一笑，就进了后堂，继续研究他的军略去了。既然云琅这个人有自保能力，他就不愿意再管。在他看来，这个世界上最重要的力量就是来自个体本身的力量，外来的帮助永远都只能是起辅助作用的，帮得了一时，帮不了一世。是英雄就该出头，不是英雄就活该倒霉，世上每天都有奇才降生，死掉的远比活下来的多，没见世界有什么损失或者大变化。

外面传来了霍去病的脚步声，长平挥挥手，郎福就隐没进了厚厚的帷幕。长平想不明白，云琅明明没有足够的钱购买那块地，为什么要先勘察地形地貌，设计庄园的模样，难道说他还有其他的来钱门路？如果是有人在后面大力支持，长平就要好好地思量一下云琅的依旧不清不楚的来路。事情没有想通，却看见霍去病跷着双腿横坐在窗前的软榻上，把两脚搭在窗台上，伸长了手去够盘子里的酥梨。

"想吃酥梨就坐起来吃，这样不像话。"

霍去病笑道："在自己亲人面前还不能做到自由自在，这日子过得也太没意思了。"

"守礼是为了修身，修身是为了克己，克己是为了利天下，这是君子的德行。"

霍去病咬了一口酥梨道："我以前很守规矩，后来发现还不如一个野人一样的家伙，可见守规矩跟聪明以及成大事没有关系。"

"云琅回来了？他出去干什么了？"

"看修庄园的地去了。"

"这么说，他有钱了？"

"没有钱，还是只有我拿回来的那两百万钱。"

"既然他没有钱，现在看地做什么？莫非是要给自己一点激励？"

"不是的，他连庄园的大致模样都画好了，就等着开工。"

"谁会为他出钱？"长平的语气不知不觉就变得阴冷起来。

霍去病毫无所觉，看着长平道："云琅觉得您会帮他出钱。"

长平一愣，然后笑道："这是两千万钱，不是二十万钱，即便是咱们侯府，出这么大的一笔钱，也要仔细掂量一下。"

"水车，水磨！"霍去病一字一句地把四个字说得清清楚楚。

"什么？"长平听得愣住了，她不明白这四个字是什么意思。

"水车不用人力，用牲畜就能把低处的水提到高处，一架大水车可浇灌田亩六七百亩，一架小水车也能浇灌田亩二三百亩。"

长平细长的眉毛挑动一下，看着霍去病道："水磨呢？"

"水磨能把所有谷物的壳去掉，还能把麦子的外皮去掉，磨成面粉，让产量比粟、高粱这些东西高的麦子真正变成主粮。"

长平皱着眉头沉思了片刻，对眼巴巴看着她的霍去病道："可有实物？"

霍去病摇摇头道："没有！"

长平怒道:"实物都没有,就漫天要价,真是岂有此理!"

霍去病担忧地道:"云琅说,如果舅母您不愿意出这两千万钱,他就准备去问问相国薛泽有没有兴趣。"

第五四章 皇帝不能惹

在任何时代，科学技术永远都是最昂贵的货物。之所以没有在历史上看到那些发明者大发其财的原因，就是因为古人比较羞涩，耻于谈钱，或者没有意识到自己的发明对一个国家有多么重要。不过，这一点从沈括、黄道婆的历史地位上就能窥出一斑。都说一招鲜，吃遍天，普通百姓对这有着极为深刻的认识，只要家里的店铺有别人不知道的秘籍，他们就能死死地守住一辈子，或者几辈子，生生世世用这些秘籍养家糊口。士大夫们则是大度的，他们时时刻刻以天下人的福祉为己任，只要有点发明创造，就会刊印成书，恨不得让天下人都知晓他是如何聪明，从而换取更大的名声，好继续鱼肉百姓。总之，都有利益进项。

云琅跟这里的所有人都是不一样的，他知道自己将要推出的水车、水磨对这个国家有多么重要。所以，他的要价非常狠！霍去病说长平会帮他取得那块地，云琅不这样看，一旦长平帮他取得了那块地，那么，那块地说白了依旧是长平的。一旦自己对长平没有用处了，那块地会分分钟被收回。他想要一块完全属于自己的地，虽然在皇权社会下，这个想法是一个伪命题，但他还是想要最大的保障。相较于大汉的人来说，云琅觉得自己有着强大的智慧上的优势，如果甘心做傀儡，是对他智慧的羞辱。

长平沉默了良久。她不是在思考钱的得失，而是感慨云琅的桀骜不驯。不愿意受制于人，这是所有英雄人物的特征。而降服一个英雄，是所有勋贵梦寐以求的大业。这是世界上利益最大的一种投资。她之所以会忘记卫青曾经是她家马夫的事实，从而委身于他，就有这种心思在里面。在这个时代，女人嫁过几次不重要，要看她嫁的是谁。

云琅想要的那块地，就是一块荒地。当然，这在皇家看来是这样，只要他们愿意，天下所有的地都会是荒地。皇帝之所以开那个变态的价格，其中就有调侃长平的意思。如果长平坚持，那块荒地对皇帝来说没有任何意义，给了长平也只是一句话的事。在这个地广人稀的时代里，稀缺的不是土地，而是可以干活的人。长平忽然发现，云琅最大的本事不是什么稀奇古怪的想法，而是能通过一些方法，让一个人顶两个、三个，甚至是十个人用，而且还是在减轻人劳作辛苦的情况下。两千万钱当然很多，可是长平不准备自家出这笔钱。一旦水车、水磨出现之后，如同元朔犁一样，最大的受益者是皇帝，因此，这笔钱应该由皇帝来出。

"这个孽障最惯撒泼耍赖，这一次就让他得逞一回。"

霍去病听了舅母的话非常吃惊，张口结舌地瞅着舅母道："您还真的答应了？"

长平走下锦榻，探手摸摸比她高出半个头的霍去病的脑袋，叹口气道："快点长起来啊，舅母已经很累了，现在已经沦落到了跟一个小鬼头斗智斗勇的地步，真是不堪！"

霍去病愣头愣脑地瞅着舅母命人准备车马，看样子是要进宫。他只好离开，去书房里找舅舅，他心中有太多的疑惑需要舅舅开解。"舅母进宫去了。"

霍去病规规矩矩地站在卫青面前。

卫青放下手里的地图绢帛，坐直了身子道："这么说云琅赢了？"

"您怎么知道？"

"这与两军对垒没有多大差别，一方还在以逸待劳，另一方已经在准备得胜归来的酒宴，如果主将不是眼高于顶的蠢材，他大半是要得胜的。"

卫青听霍去病解说了水车跟水磨的功用之后笑道："是好东西，拿来换地是一个很稳妥的法子，如果拿来换爵位，换官职，恐怕会有杀身之祸！"

"为何？"

卫青怜惜地看了一眼外甥，决定把事情掰开了揉碎了给这个还不明白人世险恶的外甥好好说说："皇家园林乃是皇家颜面，威不可犯，以力、以威、以势、以钱、以恩都不能损益分毫。唯有农桑是不同的，所谓社稷，一为宗庙，二为农桑，此谓之国本也。皇家飞龙在天，高不可攀，唯宗庙与农桑能让飞龙落地，也唯有宗庙与农桑才能让皇家低头而无羞辱之念。皇家可用的手段数不胜数，列侯以下皆为蝼蚁，即便是列侯，在皇家这驾车马面前也不过是一些比较强壮的螳螂。云琅不管是利诱你舅母，还是威胁你舅母，最后的目的都是为了将你所说的水车、水磨献给皇家，也就是说，这件事从一开始目标就是正确的，要土地也不过是捎带的一个小目标。对皇家有所求的人，皇家都会喜欢，至少不会恼怒。云琅以小博大，在皇家看来是可笑的，这样做说不定会引起陛下看热闹的兴致，很可能会同意把那一块地赐给云琅，看他还能不能继续带给皇家一些惊喜。"

"这么说，这家伙成功了？"

卫青笑道："陛下未曾点头之前说成功还为时过早！"

天色渐黑的时候，长平的车驾驶入了皇城，她已经很久没有踏进这座宫城了。不论是黝黑的城墙，还是那些如同泥雕木塑一般的守卫，以及夹着腿匆匆来往的宦官，都让长平生起无限的感慨。未央宫漆黑一片，在月色下如同一头择人而噬的猛兽，静静地蹲伏在黑暗中。长乐宫里却灯火辉煌，丝竹袅袅，还未走进，就有甜腻的脂粉香透窗而出。纱冠乌衣的黄门令隋越迎了上来，面色悲戚的长平迅速换上了一张平和的笑脸，对隋越并不显得如何亲切，却也不疏远。

"今日有张美人新编的《采薇舞》，陛下正在观赏，意兴正浓。"

长平笑道："张美人身姿窈窕，轻捷如燕，她的新舞不可不看，本宫来得倒是时候。"

"谁说不是呢？陛下与上大夫韩嫣也看得兴致勃勃，一个劲叫好呢。"

长平的眉头微微皱一下，旋即平复如初。

雁翅般罗列的宫人推开沉重的宫门，丝竹大作，还隐隐有男人在唱歌。此时虽是季夏，长安依旧燥热无比，宫门打开之后，却有一股凉气扑面而来。对着门的是两座一丈余高的冰山，冰山上有锤凿雕刻出来的山川湖泊河流模样，河流中满是殷红的葡萄酿，流经湖泊的时候又与蜜山相融，六个宦官不断地用酒勺舀酒，让这座红色河流源源不断。看到眼前这一幕，长平心中咯噔一下，皇帝不喜葡萄酿的苦涩滋味，平时也不饮葡萄酿，这些价值连城，被张骞万里迢迢带回来的葡萄酿，如今只能沦为观赏之物。

"长平，这座江山社稷冷山如何？"皇帝清朗的声音从大殿深处传来，在他开口的那一瞬间，曲罢歌停。

长平敛身施礼道："倒也别致！"

皇帝大笑道："这可是韩嫣费尽心思所做，葡萄酿的酒气被冰雪激发，嗅之令人昏昏然，远比喝起来爽利！"

皇帝说着话，从大殿深处走出来，亲昵地拉着长平的手，将她按在一张锦榻上坐下来，继续笑道："你多年未曾回宫看过，今晚就宿在永巷，你的秀春殿依旧为你留着，里面的陈设一点没变，还是日日有人洒扫。"

长平笑道："不敢回旧居，回去了就会想到父皇……"

皇帝笑道:"母后那里你也不去吗?她日日都思念着你。痨病鬼死了,你也嫁给了豪杰,应该忘了以前的龌龊才是。"

长平笑道:"陛下说得是。"

皇帝哈哈大笑道:"那就先看看张美人的舞,朕刚才与韩嫣打赌,看张美人在他肚皮上作舞能几时跌倒。眼看着就要跌倒,却被你破坏了,姐姐当自饮三杯。"刘彻袒胸露怀,白皙的胸膛在猛烈的烛光下似乎在发光。

长平探手掩住刘彻的衣襟道:"你小的时候根骨就弱,冰山阴寒,莫要为了贪凉就招来病患。"

刘彻笑道:"无妨,朕现在强壮得可以打死一头猛虎。"

长平轻啐了一口笑骂道:"还是那样口无遮拦,还记得你被大角羊追得满园子乱跑,大喊救命的模样吗?"

刘彻尴尬地抽抽鼻子道:"那只大角羊最终被朕给吃掉了。"

一个油头粉面的青年男子笑吟吟地端着酒杯过来,长平立刻放下了面纱。

刘彻更加尴尬,朝那个男子挥挥手,就重新拉住长平的手道:"姐姐夜里进宫,可是有什么事情?"

长平见韩嫣去了殿外,就重新掀起面纱笑道:"姐姐被人要挟了。"

刘彻愣了一下,马上笑道:"诛他三族如何?"

长平奇怪地看着皇帝道:"你就不问问是非曲直吗?"

刘彻喝了一口酒笑道:"姐姐性行淑均,晓畅国事,从不以一己之私误国,能要挟姐姐的,定是恶徒无疑。"

第五五章 永不放手

　　长平笑道："如果杀人能够管用，姐姐手底下还有几个可用的家仆。"

　　刘彻笑道："如此说来，姐姐是接受了人家的挟持？"

　　长平白了一眼刘彻道："不接受怎么办？他手里有我刘家想要的东西，我不但不能伤了他，还要千方百计地笼络他。如果姐姐不受人家挟持，人家就会去找你的相国，最终东西还是会落在你的手里。你不吃亏，姐姐却会落人笑柄。"

　　刘彻笑道："薛泽不会跟姐姐争的。"

　　"会的！"

　　"咦？薛泽什么时候这么有胆量了？"

　　"事关农桑，就算是从我这里夺走的，你又能说什么？这本身就是宰相的职责。阿彘，元朔犁可还好用？"

　　刘彻皱眉道："农耕之利器，只是精铁难觅，以致难以推广。"

　　"卓氏炒钢术已经成型，功效百倍于锻造，阿彘不知？"

"量少，难以为继，军械当为先。假以时日工匠多了，才能铺展开来。怎么，这一次出现的又是什么新东西？"

"水车、水磨，只要有活水，水车不用人力就可将低处的水源源不断地提到高处；至于水磨，据说可以不用人力就能把麦子磨成面粉，从而避免麦饭难吃之忧。"

"在哪？拿来！"

"还未制造，就等陛下在上林苑拨一块土地然后试制！"

"哈哈哈哈……姐姐这是想省下两千万钱是不是？也罢，能让姐姐连夜进宫，可见成功已经是应有之事，只是上林苑的土地一贯不赐予外人。既然水车、水磨功效斐然，那就赐予姐姐，而后由姐姐自行发落。若水车、水磨不能彰显其能，始作俑者斩首！"

长平见目的已经达到，就不愿意继续留在长乐宫，这里的氛围让她非常不喜欢。既然进了宫，母亲那里无论如何都要走一遭的，站在长乐宫外，听着里面又起靡靡之音，长平暗自叹口气径直向永宁宫太后住处走去。

云琅躲在屋子里两天没出门，第三天出门的时候，人憔悴得厉害。

每一次有新东西出现，对他来说就是一次恐怖的煎熬。水车是全木料器具，水磨是木料与石料的结合体，云琅知道这两种东西的运作原理，不代表他自己就能制造出这两种东西来。图纸上的东西，往往在实际生产中会遇到很多问题，这一点云琅有着清醒的认知。他实在没想到一个木匠居然能牛到这种程度，仅仅是看了一眼云琅画的图纸，就冷笑一声，连霍去病的面子都不给，转身就走，嘴里还嘀咕着"瞎胡闹"一类的屁话。不论霍去病跟云琅如何赔笑脸，人家都不给面子，说什么要修造宫殿，没工夫做小孩子的玩具云云。

至于石匠……云琅就没有见过他的脸，他都是趴在地上的，从一进门就跪拜，直到离开。他倒是满口答应，看他恐惧的样子，估计云琅要他制造火箭他也会答应。

一个比后世工程学巨擘还要牛的木匠,一个比奴隶还要没地位的石匠,云琅不明白为什么会是这个样子。

"公输家的人就是这样子,他们是百工中的异数,太祖高皇帝在蜀中之所以能够立足,托赖公输家良多。蜀中栈道,多为公输家所制,开国之后虽未封侯,却有木侯之称,即便是陛下,对公输一族也多有避让,人家看不上我们也是情理之中,我去请舅母帮忙再找其他木匠就是了。"

这个木匠比较高贵,云琅也没有办法,他已经弄明白了,能修建宫殿的木匠,确实当得起巨擘,你说人家是建筑师也说得过去。尊重人家的本事,这也是在变相地抬高自己,很多时候,云琅觉得自己跟那个木匠差不多,干的都是同一类的事情。云琅的木匠之道与旁人不同,四十斤重的青铜锯子、三十斤重的铁锯子,这本就不该是人使用的工具。刨子、凿子、墨斗、钻子,当钉子都需要云琅自己打造之后,他就发誓,不再弄什么新东西出来了。

长平回来之后云淡风轻地告诉云琅,他可以去上林苑找上林署划地了,三千亩,一分都不会少他的。可是,皇帝要水车,要水磨,如果云琅所给的东西不能满足皇帝对这两种物件的幻想,他将人头落地。

"始作俑者斩首!"霍去病听到这个消息不自觉地摸摸脖子。这话别人说出来可能还是玩笑,但即便是刘彻开玩笑说出来的这两个字,也会有人严格地执行。所以,水车跟水磨就是云琅的性命。

大汉木匠制作木器是不用钉子的,云琅不管,他想用钉子,用钉子连接木头只是两锤子的事情,如果制作卯榫,太费时费工了。而且直到这个时候,云琅才知道,自己在街上雇不到帮自己干活的人,尤其是现在,正是农忙的时节,他能动用的人只有梁翁、丑庸、小虫,跟梁翁多病的老婆。

一大早出门去买奴隶的梁翁直到下午才回来,饥渴交加的梁翁先是生猛地喝了两大瓢凉开水,然后才对云琅无奈地道:"价钱太高了,熟壮劳力快赶上一亩地的价钱了,生劳力也要八百钱,哪个年月都没有这个价啊。小郎您还要一家一家地买，人家就欺负您心善，故意把娃娃掐得哇哇叫，就等着老奴上当呢。不过啊，今年的粮食长得好，眼看就要收割了，粮食价格倒是掉得厉害，大户人家都在卖旧粮腾仓库呢，咱家没有粮食地，小郎，是不是多买一些存着？"

"那就多买些，我们家里很快就有很多人了。"云琅觉得老梁说得很有道理。

不过，这家伙刚刚过了几天好日子，就好像已经忘记了他自己也是奴仆这么一个事实。这事并不怪云琅，云琅想要给他们自由，他们也不敢要，只要成了百姓，他们马上就要面对高额的赋税。不说别的，仅仅是梁翁每年三个月的劳役就会要了他的老命。

"熟劳力跟生劳力？"云琅第一次听说还有这样的称呼。梁翁连忙解释道："熟劳力就是主家不要了想卖掉的劳力，不过啊，多少都是有问题的，否则大忙的季节，主人家不会卖劳力的。生劳力就是猎夫们捉来的野人，他们不服管教，一有机会就会跑掉，两个人干活，就要配一个看管他们干活的，不划算。"

听了梁翁的解释，云琅就明白阳陵邑的奴仆市场是个什么状况了。按照他曾经看过的史书记载，中国古代从战国时期就已经结束了奴隶社会，开始了封建社会。原则上，奴隶在大汉已经不存在了，可实际上，却从未断绝过。如果没有奴隶，卓王孙家里的三万仆从算什么？长平侯家里的五千奴仆算什么？云琅家里的四个奴仆又算什么？

别人家里的奴仆多，有自家的木匠、铁匠、瓦匠，甚至还有陶匠、织工、绣女，主人家想要干什么，一声令下，吩咐下去，立刻就能完成。云琅家不成，只有一个铁匠，丑庸对自己的定位是以色娱人的女仆，小虫酷爱刺绣，以前没有好料子跟丝线供她刺绣，自从来到云家之后，已经会绣一点荷包了，至于梁翁老婆，是云家不会做饭的厨娘。

贪心不足蛇吞象就是这样的。云琅长叹一声……头大如斗。他还以为自己用水车跟水磨就能挟制长平弄到三千亩地。现在看来，地弄来了，想要把秦陵一带变成图画里的模样，仅仅依靠他们家里的五个人，大概需要好几百年……

"想买奴仆啊？"卓姬慵懒地散开头发，似乎在回答，又像是在自言自语，"还想要木匠啊？你也知道，家里的木匠不多啊，作坊里的活计多得干不完，没有多余的奴仆卖给你。"

"我们还是有交情的……"云琅龇着大白牙嘿嘿地干笑。

"呀，快别提我们的交情了，你又是偷，又是骗，又是发脾气的，已经把我们的那点交情折腾光了，您说是不是啊，云郎官？"说着话还扭动一下自己丰硕的臀部，大夏天的穿得又薄，稍微扭动一下，白花花的小腿就露出来了。

云琅不得不把目光落在平曳的身上，这个老浑蛋品着茶水，对眼前的这一幕就当没看见，假装自己是透明人。严格来说，尽管这两个恶人对不起云琅的地方，远比云琅对不起他们的多，可是形势逼人，云琅如果不想一辈子被长平公主当棋子使唤，就只好退而求其次地找卓姬帮忙，至少，卓姬带来的危险还在可控范围之内。

"你在长平公主那里弄不到奴仆，在我这里也一样弄不到。甚至，满长安三辅你都没可能弄到足够的人手去修建你那个三千亩大小的庄园。"

卓姬一句话，让云琅一下子就明白了。这些天光忙着找劳力了，却忘记了自己之所以找不到劳力最大的原因就是有人不愿意让他找到劳力。

第五六章 我不造孽，天造孽

听到要仆役的事情没戏了，云琅当然不会继续停留，站起身就走，脸上谄媚的笑容也没了。

卓姬叹口气道："你就是这样一个人，用到人家的时候，趴在地上都成，一看没用处了，立刻就翻脸。神气得跟你才是这里的主人一样，你就不能再有点耐性听我把话说完？"

云琅指指自己的脸皮道："我是二皮脸我知道，问题是我没有时间再跟你们客套，如果水车、水磨修不起来，别说脸皮，脑袋都保不住。"

卓姬愤怒地把面前的果盘推到地上，双手拍打着锦榻道："那就快点滚，快点让皇帝把你脑袋砍掉，我也眼不见为净！"

云琅笑嘻嘻地靠近锦榻，找了一个角落坐下来道："计将安出？快点，保人头的工夫没时间瞎扯。"

卓姬的小腿很漂亮，光滑如同白玉，就是缠绕在上面的袜子系带很碍眼。

"看什么呢？"卓姬闪电般地将小腿收回裙子底下，腰身一曲，丰隆的臀部却变得更加圆润。

云琅吞咽了一口口水道:"你的腿生得好看。"

"登徒子!滚开!"

平叟继续品茶,茶壶在他手里很稳,不论是云琅无赖的模样,还是卓姬娇媚的状态都不能让他放下心爱的茶壶。只是见云琅跟卓姬有继续打情骂俏的趋势,才抱着茶壶道:"想要不受人家钳制,只有一个地方有可能弄到足够的仆役。那个地方,长平公主的手还伸不进去,可以说,在那里,你的才智才能得到最大程度的发挥!"

云琅非常警惕地看着平叟,阴阳家从来就不出什么好主意。

"夫天地阴阳,阳极而阴生,阴极而阳生,两者相辅相成,妙不可言。长平公主威势无双,三辅之内莫敢不从,然此事终究上不得台面,因此乃是阴势。阴极阳生乃是必然之事,极阴之地必有阳眼生,那块地方就是你的阳眼。"

云琅听得一头雾水,瞅瞅卓姬,她也好不到哪里去,看样子今天做主的人该是平叟才对。

"什么地方?"

"上林苑!"

云琅泄气地推开卓姬的美腿,仰面朝天地躺在锦榻上,一边忍受卓姬踹他,一边道:"上林苑里连野兽都快没了,哪里来的人?"

平叟笑着递给云琅几片竹简,云琅看过之后,疑惑地道:"上林苑去年被猎夫捕获的野人就有三百五十六人之多?"

平叟笑道:"还有被枭首的一百八十一人,还有被贩卖的妇孺皆不算在内。"

云琅皱眉道:"上林苑中居然隐藏了这么多人?"

平叟叹口气道:"皇帝八年前划长安、咸阳、周至、户县、蓝田五县土地的半数为上林苑,纵横三百里,有灞、浐、泾、渭、沣、滈、涝、潏八水出入其中。那里土地肥美，物产丰富，原本就是人烟稠密之所在。有人不愿为宫奴，又不愿意迁徙去偏远之地，自然就会有无数的隐户。"

"你的意思是要我收拢这些隐户？皇帝发怒怎么办？"云琅不是没考虑过这事，只是觉得不怎么靠谱才作罢。

"遵照国法而行，怎么会触怒陛下？"

"怎么个遵照法？"

"你的庄园在上林苑，这是最大的便利，直接从猎夫手里就地购买就是了。如果能通过霍家小郎动用羽林去捉，效果更好，五十万钱，就足以让军中那些穷汉眼红。"

云琅没了继续听下去的兴致，坐起身道："那样会死人的，死很多人。不论是猎夫还是羽林都没有把那些所谓的野人当人看。与其死很多人才能达成目的，我还不如直接跪在长平面前求饶。我的膝盖痛一些，好过别人被长枪穿胸，割头取耳。"说完，他认真地对卓姬道，"你的小腿真好看。"然后就笑着离开了卓氏铁器作坊。

卓姬抱着膝盖看着平叟道："一个贼偷、骗子、无赖、混账，偏偏有这样的骄傲、聪慧、坚持，您说怪不怪？"

平叟笑道："大人物都有一些莫名其妙，我更看好他了。"

"包括让我故意露出小腿？"

"你该多露一些的……"

"司马成了相府的谒者，秩四百石。"

平叟摇头道："你需要一个靠得住的男人，不需要一个玩物。"

"可惜了那些诗赋。"

"你不是也会作赋吗？想看了自己作就是了，深浅不过是一些辞藻罢了。"

"我年纪大他太多，等他成年，我已美人迟暮。"

"相信老夫吧，少年人成长的速度远比你想象的快，对于一个懵懂的少年来说,美艳的妇人才是他们的毒药!"

云琅回到家里的时候,他吃到了可口的面条,这对他来说已经是莫大的享受。白色的面条上面还放了一些青菜,中间还卧着一颗生熟相宜的太阳蛋。云琅吃得非常香甜,他似乎忘记了刘彻那道冰冷无情的旨意。

"家里有石磨了,以后记得磨一点炒熟的芝麻,做一点芝麻盐调味。"

丑庸乖巧地答应了一声,就拉着东张西望的小虫下了楼。主人家心情不好,家里也就没有什么欢乐可言。

平叟的主意其实不错,如果羽林跟猎夫捕获野人的时候能够不死人,云琅会欣然笑纳。只可惜,这种事在大汉永远都不可能发生。云琅可以对别人制造的杀戮袖手旁观,因为这是别人制造的罪孽,他觉得自己一个外来人没有资格说三道四。至于自己制造杀戮,这不符合云琅的是非观。

高傲的木匠再也没有来过,卑微的石匠虽满口答应,却也没有来过,就连霍去病也没有来过,估计是被长平给禁足了,这让云家彻底变得安静了下来。云琅再也没有出门,而是在家里继续在绢帛上写写画画,丑庸他们经常能看到云琅房间里的灯火在四更天的时候依旧亮着。

一记炸雷在天空响起,一场暴雨不期而至,它来得是如此迅猛,如此让人猝不及防。豆大的雨点敲击在云琅的窗棂上,噼里啪啦作响。雨点碎裂之后化作雨雾,从蒙在窗户上的青纱缝隙里钻进来,让整间屋子变得潮乎乎的。

院子里已经开始有积水了,梁翁披着蓑衣,清理院子里的排水沟。丑庸跟小虫两人费力地推着接雨瓮让它去该去的地方。梁翁多病的老婆裹着皮袄坐在窗前,担忧地瞅着在雨地里忙碌的丈夫跟女儿。大槐里是阳陵邑里的高档住宅区,一般情况下,高档住宅区都被建造在地势比较高的地方。排水沟通畅之后,院子里的积水很快就排光了,沿着街边的石渠去祸害住在低处的人。

"雨太大了,地里的庄稼要倒霉了。"换过干爽衣衫的梁翁抱着一碗茶汤,担忧道。

丑庸漂亮的头发被雨水浇得湿漉漉的贴在脑门上，她一边用干麻布擦拭头发，一边道："咱们家又没有粮食地，操这个心做什么？"

梁翁苦笑道："傻女子，地里的粮食遭了灾，市面上的粮食就会涨价。"

丑庸抬头瞅瞅二楼疑惑地道："咱家都被粮食塞满了，小郎的房间里都堆着半房间的麦子，够我们吃一辈子的。"

说起这事，梁翁就得意，这事是他干的，小郎只说多买粮食，他就一口气买了一千石，如果不是家里实在没地方堆粮食了，他还能买来更多。家里有粮，遇事不慌，这是老梁这种吃过大苦的人一辈子追求的梦想，没想到现在就实现了。

"趁着大雨，别人还没反应过来，再买一些，越多越好。"云琅坐在二楼，听见了老梁他们的闲谈，心头一动，就趴在窗户上吩咐梁翁。

说到买粮，梁翁立刻来了精神，二话不说，就披上蓑衣，出门买粮去了。

"小郎，买来的粮食往哪里放啊？"丑庸很担心她漂亮的房间被粮食给占了。

"放在你的床上！"云琅说完话就重新关上了窗户。

小虫笑得嘎嘎的，丑庸拿云琅没办法，却一把拉住小虫道："你今晚就睡在粮食口袋上！"

小虫连连点头道："好啊，好啊，最好把我的屋子用粮食给塞满。"

事实证明，有粮食忧患意识的人不仅仅只有梁翁跟云琅。梁翁跑第一趟的时候，雨停了，粮价还是往日的价格，等他跑第二趟的时候，又开始下雨了，粮价就涨了一成，当他跑第三趟的时候，黄豆大小的雨点又开始倾泻，粮价已经上涨了三倍。即便如此，拿着钱也买不到粮食了。

"已经下了三天，这一次真的是遭灾了，小郎你没看见，城外全是人，都在田地里冒雨收粮食……男女老幼算是全上阵了。老天爷啊，这么大的雨，谷子、糜子全部倒在烂泥里，都散架了，这可怎么收哟！"

第五七章 令人失望的大汉

大雨下了整整七天，即便是这样，天色依旧未曾放晴，天空中还是有蒙蒙细雨落下来，让人安宁不得。受创最重的并不是京兆，而是河东郡跟弘农郡，其中弘农郡平地水深一丈，房屋倒塌无数，百姓只能困居高处。河东郡境内六条河流齐齐溃堤，大水漫延河东，一十六县竟成泽国。右扶风山林众多，一场大雨引发山洪，从右扶风到京兆的道路全部被冲垮。

官府征发民夫八万，日夜不停地抢修从右扶风到京兆的道路。河东、弘农已经顾不上了，官府一心想要抢通右扶风，先把里面的大军接应出来，应付即将到来的民变。大街之上风声鹤唳，除非有办法，否则没人能上街，现在，街道上全是军兵，转瞬间，一座繁华的阳陵邑就变成了一座死城。

云家的大门关闭得死死的，不管谁来都不开门，家里老的老小的小，要是有强盗跑进来就麻烦了。"只准吃个半饱，没事就喊饿，不能让人知道我们家有粮食，官府正发疯般地筹粮呢。"梁翁趴在门缝上朝外看看，然后就喝骂端着大碗吃饭的小虫。小虫被耶耶铁青的脸色吓坏了，连忙把饭碗藏在背后。

云琅站在二楼上，轻易就能看见外面。大槐里还算是安静的，越过前面一大片低矮的平房，西市、东市全都是人，哭闹声即便隔着老远都清晰可闻。云家的东面是长平侯府，西边是上林署监事家，一个胡子老长的家伙，跟云琅一样站在楼上眺望远方。见老家伙看过来了，云琅就遥遥躬身施礼，老家伙也拱手还礼。看了一阵子，两人不约而同地转身进了房间。

对云琅来说，这场雨并不算大，他见过更大的，关中在他的时代里曾经连下半个月暴雨，满世界的新闻都说关中遭灾，可是，也仅仅是新闻上吼几嗓子，在云琅他们这些群众每人捐出了一百元之后，灾好像就过去了。没听说把谁家的粮食拉走救济灾民，也没听说把谁家的壮劳力拉走去修路。倒是那些商人欢呼着要求去重建灾区，最后一个个赚得盆满钵满的。一百元就过去的事情，至于吗？于是，在军兵上门的时候，云琅大方地给了一万钱，那些军兵就不再理睬云家一屋子的老弱病残。"福兮祸所伏，祸兮福所依！"这是云琅这几天经常说的一句话。他每日里都欢喜地看着别人家强壮的仆役被军兵们用绳子串起来带走。

官身是个好东西，至少在贿赂的时候人家知道这是自己人，不会出现告发这种事。商人就倒霉了……只要遇到灾年，他们就是这个世上最大的肥猪……"我出了一百万钱啊……一百万钱啊……他们怎么还是把我家的仆役全部带走了？"第一次看见卓姬靠在粮包上痛哭，云琅心里很舒服。

"赶紧住嘴，人家不仅仅要壮男，听说连壮女都不放过！"云琅吓唬性的言辞自然对卓姬没有什么威慑力。

"作坊里现在全是妇人，一个男人都没有……我只好搬过来……平叟看家。"卓姬好不容易颠三倒四地把话说清楚，云朗无奈地道："住过来没问题，只能睡粮包上了。"听云琅这么说，卓姬才注意到云琅这间被粮包塞得满满当当的房间："天杀的，你怎么会有这么多粮食？"

"在你们都以为新粮马上收获，清除旧粮腾空仓库的时候买进的。就俩字，便宜！"

卓姬苦笑地道："出旧粮进新粮这是每年都要做的事情，今年也不例外。谁承想，再有十天新粮就要下来了，偏偏这个时候下雨。老天爷这是不给人活路啊。"

云琅见卓姬双目通红，明显好久没有睡好了，就摊开自己的床铺道："睡一会吧，我去给你熬粥，白米粥！"说完就走了出去。

卓姬挪到床铺边上一屁股坐下去，这时候才发现身体没有一处不是酸痛的。屋子里满是粮食味道，说不上难闻，也说不上好闻，只是不难受罢了。少年的床铺很干净，也没有怪味道，皂角的清香有些浓郁，毯子松松软软的，像是才被炭火烤过。只有那只塞满了荞麦皮的枕头很奇怪，不过，枕上之后不像木枕、玉枕那样硬，更不像锦枕那样松软，而是软硬适中，很舒服，卓姬准备回去之后也弄一个这样的枕头。细雨蒙蒙的天气里本就适合睡觉，卓姬脑袋刚刚挨上枕头不久，就沉睡了过去。

事实上，不管长安三辅发生了什么事情，也不会缺少她一张安全的床榻。

来到云家借宿是平叟的主意。自从老天开始下大雨之后，平叟就让她无论如何也要住进云家来。这让卓姬又是羞耻，又是难过。

可是平叟须发虬张地指着天上的大雨怒吼："你看，你看，连老天都在帮他……"

这些话，让她无所适从。卓姬知道平叟是不会害她的，尤其在平叟把家眷从蜀中搬来长安之后，她就更加确定这一点。

关中大灾，让长平钳制云琅的事情成了泡影，长平已经没有心情和时间去钳制云琅了。偌大的关中，如今已然全速运转了起来，救灾、防灾、防止灾民暴乱才是重中之重。现在，只要云琅愿意，他想要多少仆人官府都会卖给他，只要他能保证喂饱这些人的肚子，保证他们不造反就成。

或许是这两天太操劳的缘故，卓姬一觉睡到了傍晚才悠悠醒来。首先映入眼帘的是巨大的粮包，她这才霍然惊醒，想起这里是云家，不是铁器作坊。在平叟的坚持下，卓姬这次过来，连丫鬟都没有带，平日里，只要她睡醒，立刻就会有人伺候她穿衣洗漱。于是，她就愣愣地坐在床上，有些不知所措。

门吱呀一声响了，丑庸带着笑意走了进来，手里还端着一盆水："大女，您起来了呀，小郎刚才还问起您。"

卓姬愣了一下道："你叫什么名字来着？"

丑庸笑道："丑庸，还是您给起的名字。"

卓姬看着丑庸丰润的脸蛋，发现这丫头也不是很丑，至少笑起来两只眼睛弯弯的，很是让人舒服。"这名字不好，改了吧！"穿好衣衫的卓姬看着自己在水盆里的倒影说道。

丑庸摇摇头道："小郎说这是一个好名字，只要没人笑话的名字就一定是好名字，还说贱名好养活。婢子现在过得很好，正好应验了这个说法。"

"在这里没人笑话你？"

"只有小郎总是嫌弃我笨！"

"那就不是笑话了，他几乎嫌弃这个世上所有的人。"

丑庸立刻笑逐颜开，张着嘴笑道："小郎是世上最聪明的人。"

对于丑庸这种明显没有立场的话，卓姬自然付之一笑。

卓姬睡了一天，中饭都错过了，自然感到腹中饥饿。云家人吃饭的样子很奇怪，东一个西一个的，从主人那里就没有什么好习惯。云琅见卓姬一直在看他，就放下饭碗道："没规矩是吧？"

卓姬皱眉道："吃个饭而已，你总是抖腿干什么？"

云琅叹口气道："我这是在安慰自己，努力地告诉身体，好好吃饭，这些饭菜很好吃！"

卓姬看了一眼自己的餐盘道："有稻米粥，有今日祭祀雨神的胙肉，有鸡子，还有豆腐跟绿菜，这可是一等的餐饭。"

云琅丢下筷子无力道:"你没吃过川菜,没吃过湘菜,没吃过孔府菜,没吃过潮州菜,更没有吃过真正的关中菜,当然觉得这些东西很好吃。"

"听都没听过!"

云琅重新端起饭碗,狠狠地喝了一口粥道:"吃饭,吃饭……"

第五八章 帝流浆出必有妖孽

想吃辣子鸡，没辣子，想吃大盘鸡没粉条跟土豆，想吃火锅……算了，云琅把刚刚写在地上的菜名用脚抹去，心中有说不完的惆怅。这些菜都是他最喜欢吃的，他甚至觉得无辣不欢。在大汉，不是没有制造辣味的东西，其中芥末跟茱萸就是最出名的两种。这两种东西确实能够制造出辣味来，可是，跟云琅想要的复合辣味相去甚远。

没有辣椒，云琅连臭豆腐都懒得弄，眼看着昨日从豆腐作坊里拉来的豆腐被丢掉。丢弃腐烂的食物，对梁翁来说就是要他的命，他死死地抱着豆腐篮子哀求云琅，这样的好东西千万不能丢，他一个人就能马上吃掉。云家的人都喜欢吃豆腐，这一篮子豆腐是梁翁昨日舍不得全部吃掉，专门给云琅留的，谁知道仅仅过了一夜，豆腐就酸了。

"如果家里喂了猪可以给猪吃，总之，凡是腐烂、发霉的东西人都不能吃。"

卓姬眼看着梁翁含泪把豆腐倒掉，咂着嘴巴道："啧啧，确实是金贵人啊，豆腐作坊里的豆腐可不是用来在西市上卖的，只有富贵人家才有机会从豆腐作坊里弄一点尝尝鲜。你就这么倒了？一点都不知道粮食的金贵。"

云琅面无表情地道："粮食之所以比黄金贱，是因为它本身就值这个价钱，即便偶尔有大的波动，也是市场的选择，最终，它还是要回归它本来的价值。不要把粮食跟道德联系在一起，它不过是跟丝绸、麻布一样的生存必需品。"

卓姬很喜欢跟云琅说话，一来此人说话的方式非常有趣，明明是标准的关中腔调，却能给人一种新奇的异域风情。"你存这么多的粮食做什么？即便是有灾荒，到了明年，粮食又会从地里长出来。等到雨停，其余地方的大部分粮食也会涌到长安，不如现在卖掉，还能有一个好价钱。"

云琅摇摇头道："我准备留足自家吃的，剩余的全部送去上林苑。"卓姬拍手道："好办法，山外遭灾，没道理山里面会风调雨顺，那些野人遭受的灾害恐怕更大。这时候带着粮食去上林苑，不用捉拿，那些饿肚子的野人也会自动来你家觅食。这样就能做到你想要的不死人而最终获得奴隶是不是？"

云琅无语地瞅着眼前的这个漂亮的女奴隶主，叹息一声道："山外面的人多少有条活路，山里面野人的死活谁管？现在正是青黄不接的时候，夏秋日还有野菜之类的东西可以勉强果腹，可是到了冬天……山里面的场面一定是惨不堪言。天灾之下，再谈论什么奴隶，我担心会遭受天罚，这些粮食就是送给他们吃的，不管来不来我家当仆役，先吃饱肚子再说，别变成了野兽口中的粮食。物伤其类，人同此心，无论如何，这种心绪要有。"

卓姬费解地摇摇头，继续低着头吃饭，只是餐盘中的饭食，没有刚才吃的时候那么香甜。

晚饭后，平叟提着一包茶叶来访，看到卓姬霸占了云琅的房间，很是满意，心情大好。跟云琅一起坐在屋檐下喝茶，他并没有什么不适应，依旧悠闲自得。炒熟的芝麻一粒粒地用手指拈着吃，非常享受。对于云家有这么多的存粮，他也丝毫不感到惊讶。他拍着云家堆积在门口的粮包笑道："听说小郎准备把粮食带去上林苑，看来已经有了计划？"

云琅笑道："不过是以心换心而已。"

平叟点头道："这才是正途啊，小郎孤身一人在这险恶的人世行走，处处小心，步步谨慎，这才走得长远。钱买来的仆役没忠心，抢来的仆役只会恨你，用心换来的仆役，如果小郎能够辨别其中居心叵测之辈，自然是最安稳的。即便是人数少，用起来会放心，一个人顶一个人用，反而比买或者抢来的要管用太多。只是不知小郎何时启程？"

云琅叹口气道："怎么也要等霍去病解除禁足才行。您也看到了，凭我的本事，没办法把这么多的粮食运出阳陵邑。"

平叟大笑道："迟一些好，迟一些好啊，人不到绝境，感受不来你给他救助的意义。"

云琅笑道："粮食还是少了些……"

平叟朝楼上努努嘴，然后拍拍云琅的肩膀，就潇洒地告辞离开了。

一个女人对着一张铺开的白纸，不论是挥毫作书，还是泼墨作画，意境都非常不错。可是，当一个女人拿着小刀子费力地削竹简、刮竹简、烤汗青、钻眼，最后用牛皮绳把竹简穿起来，这个过程基本上就是苦力劳作，与美丽没有半点的关系。讲究一些的读书人，用来书写文章词句的简牍都是自己制作的，甚至对竹子的杀青程度都有一定的要求。很显然，卓姬就是这么一个人，从她手里的竹简颜色来看，她喜欢青竹皮。

见云琅站在门口，卓姬就放下手里的竹简道："刚刚起了作赋的心思，结果竹简做好了，却没了那个心思。"

云琅轻笑一声指着案几上的古琴道："寒雨连夜，灾民哭号，官吏叱咤之声不绝于耳，纵有诗意还是留待日后散发。这个时候不如听你弹琴！"

卓姬鄙弃地瞅瞅云琅断然拒绝道："知音少！"

云琅坐在门槛上，尴尬地道："听说你跟司马相如就是一曲定情？说来听听。"

卓姬脸上顿时就有了羞恼之色，不过，在眼珠子转动一圈之后，她叹息一声道："男子总是薄情寡义的。"

云琅点点头道："这倒是真的，所以我们就不要谈什么感情了，直接进入商业谈判进程如何？你需要我做出什么样的承诺跟质押，才肯帮我弄五千石粮食回来……"

云琅浑身湿漉漉地从楼上下来了，脑门上还有一大片红斑，甚至有些发肿。茶壶砸在脑门上，然后碎裂，就会造成现在的状况。女人发狂之后往往力大无穷，以云琅的机敏，也没有躲过卓姬的饿虎扑食，云琅生生被她咬住耳朵，大叫了很久才逃脱。

丑庸幽怨地帮小郎擦拭耳朵上的血，还不时恨恨地朝楼上看一眼。她觉得小郎太没有眼力了，如果想要女人，找她就好，她一定不会发出任何奇怪的声响，更不会咬破小郎的耳朵，也不会用茶壶砸他。弄成现在的样子何苦来哉！

云琅止住了疼痛，见梁翁一家三口都诡异地看着他，干咳一声道："不是你们想的那样……"梁翁宽容地一笑，然后把老婆、闺女赶回房间，又冲着丑庸咳嗽一声，见丑庸不愿意走，就上前拉住她的手，将她硬是给拖回了小虫的房间。

这个时候一定要喝点酒才应景……

脑袋挨揍，小兄弟却肿胀得厉害，成年人的脑子，少年人的身体，再加上一个美艳的妇人，最后遭罪的一定是这副无辜的身体。身为过来人的云琅岂能不知道卓姬在干什么？经过这么多次的暗示，他要是再不明白，那颗脑袋就白长了。

以前当工程师的时候，他对自己穷人的身份很满意，主要是自己不算太差的长相跟那张能说会道的嘴，再配上一颗七巧玲珑的心，让他非常有女人缘。

从相识到热恋的过程永远都是美丽的,只是到了谈婚论嫁的时候,事情往往就会发生变化。每一次的分别都撕心裂肺般地疼痛,也不知道经过多少次之后,他忽然发现,这样似乎也不错。生命里的每一段旅程都有一个别致的人陪着度过……于是,一个只求开始不求结果的渣男就这样生生被人家锻炼出来了。现在有了重新开始的机会,云琅就不太愿意穿新鞋走老路……好吧,其实最主要的原因是这副身体的生理年龄还太小了……

有的孤儿重情,渴望得到自己缺少的情感,把感情看得比命重。至于云琅,他本身就喜欢孤独,尤其是跟人接触多了之后他就越发喜欢狗!清冷的月辉洒遍大地的时候,云琅的心情也就变好了,连续这么多天都是阴雨天,月亮一出来就显得格外皎洁,格外明亮。空气中的水分实在是太多,以至于月光似乎变成了有形的物质,丝丝缕缕的……这或许就是传说中的帝流浆。据说这东西每六十年才出现一次,也只有这一年七月十五才会有帝流浆……凡草木成妖,必须受月华精气,但非庚申夜月华不可。因庚申夜月华,其中有帝流浆,其形如无数橄榄,万道金丝,累累贯串垂下……

"老虎该沐浴一下这月光的……"虽然目光被高墙挡住,云琅似乎依旧看见了老虎蹲在山上,对月咆哮……

"对酒当歌,人生几何……譬如朝露,去日苦多……慨当以慷,忧思难忘……何以解忧?唯有杜康……青青子衿,悠悠我心。但为君故,沉吟至今。……呦呦鹿鸣,食野之苹……我有嘉宾,鼓瑟吹笙……明明如月,何时可掇?……忧从中来,不可断绝。……越陌度阡,枉用相存。契阔谈䜩,心念旧恩……

"月明星稀,乌鹊南飞……绕树三匝,何枝可依?月明星稀,乌鹊南飞……绕树三匝,何枝可依?月明星稀,乌鹊南飞……绕树三匝,何枝可依?"

或许是心有所感,云琅将这一句足足唱了三遍,才轰然倒地……

第五九章 墨家矩子

"你昨晚唱歌了！"卓姬见云琅从丑庸的房间里出来，就急切地道。

云琅的脑袋痛得厉害，昨晚被梁翁他们拖进丑庸的房间，刚开始的时候还有一点知觉，后来就什么都不知道了。他的头很痛，嘴巴很渴，非常想喝水，可是家里除了蹲在门口晒太阳装聋子的梁翁之外，丑庸、小虫，以及梁翁有病的老婆全都不见了。

听卓姬问得急切，云琅一边弄茶水一边烦躁地答："我这人会得多，时不时地就会唱一两首歌，下回给你唱更好听的，打扰你睡觉的事情，你就忘了吧！"

"不是，你昨晚唱的那首短歌确实不错，就是差一句有气势的结尾，以至于这首短歌只有自艾自怜却没有了高山大河般的气势，最终难免落入了下乘。"

"有这种事？我昨晚唱了什么歌，让你如此感慨？"弄到茶水喝的云琅终于"复活"了，脑子也变得灵光起来。

卓姬充满惋惜地看着云琅道:"看来也不过是灵光一闪的巧合而已,终究年轻,才智有限,再过上十年,你就能写出更好的短歌来。幸好我帮你记着,要不然,难得的一首好歌就白白被浪费了。听好了……对酒当歌……人生几何……譬如朝露,去日苦多……"

听了第一句,云琅额头的汗水就哗哗地往下淌……他记得曹操的这首《短歌行》最后一句是……山不厌高,海不厌深,周公吐哺,天下归心!

他很想立刻捂住卓姬的嘴,这个女人的声音又高又亮,隔着两条街估计都能听得清清楚楚。曹操就是唱完这首歌,然后被人家周瑜一把火烧得屁滚尿流……云琅现在觉得自己的脖子痒得厉害,可能会有一把鬼头刀正在思念这个位置。在汉代唱这首歌的人就没好下场……曹丞相都不能幸免。

一脸惶恐的云琅快被汗水淹死的时候,他听见卓姬用女高音唱完"绕树三匝,无枝可依"之后,就遗憾地停了下来。她对云琅道:"意犹未尽啊……"

"没了?"云琅满怀希望地问道。

"没了,你昨晚就唱到了这里,还凄惨地唱了三遍,然后就醉倒了……你今天没事,不妨好好想想,把最后一句补上!"

听卓姬这样说,云琅快要跳出来的心终于安定了下来,抹一把脑门上的汗水道:"就这样吧,这世上的事情不如意者十之八九,留点遗憾其实挺好,有时候残缺也是一种美,更多的时候能救命!"

就在两人闲谈的时候,有人敲门。

老梁打开门之后,就发现眼前站着两个老者,一人头发斑白,却面如冠玉,三绺长须飘在胸前,气势不凡,身上的衣衫做工、刺绣虽属上乘,却有些破旧。另一位身着灰色深衣,五短身材,腹大如鼓,头发上插着的青玉簪子一看就不是凡物。

不等老梁见礼,深衣老汉就丢给他一把钱道:"打扰高邻了,我等是被讴者的歌声引来的，想要再听一遍，还请主人家莫要见怪。"深衣老者说完，就自顾自地走进了院落，与同伴在座位上坐定，指着卓姬道："讴者好颜色，再来一曲！"

梁翁不敢阻拦，只能手足无措地看着云琅，云琅挥手示意梁翁离开，呵呵地拱手笑道："还未请教长者大名。"

三绺长须的老者笑道："记住了，这位就是我大汉执掌乐府的大乐令韩泽，常在陛下身边走动，你一介羽林郎还惹不起，快快奉酒，如此妙音不可无酒。"

大乐令韩泽大笑道："大名鼎鼎的旁光侯刘颖，文帝子孙，窦后血脉也来用老夫小小的大乐令来威胁孩子了吗？"

听到此人是旁光侯刘颖，原本一脸怒气的卓姬，立刻就换上了一张满是微笑的脸，重重地在傻乎乎地思考膀胱问题的云琅腰上拧了一把，然后上前一步道："小女子无意吟唱一首新词，没想到惊扰了贵人。贵人稍安，且容小女再次唱来。"

刘颖并没有看卓姬那张漂亮的脸，而是很有深意地瞅着云琅道："少年人心如熊罴，胆如猛虎，倚仗元朔犁就能在上林苑获取三千亩地营造庄园，真是罕见啊。韩泽，你以为能与陛下赌斗的人，是我一介散侯所能吓唬得了的吗？"

卓姬色变，云琅上前一步道："总之是利国利民之事，也是陛下仁慈，公主大度，国道昌明，才有这样一个小小的赌局。"

韩泽欣赏地瞅着云琅那张云淡风轻的脸道："旁光侯素来喜欢机关消息之术，浸淫此道四十年，为天下人共仰，同时也是墨家矩子。"

听韩泽这样说，卓姬的身体抖动得厉害，墨家自墨翟、禽滑釐之后，分为相里氏之墨、相夫氏之墨、邓陵氏之墨三支。墨者多来自社会下层，以"兴天下之利，除天下之害"为教化天下目的。他们以裘褐（破羊皮）为衣，以跂蹻（草鞋）为服，日夜不休，以自苦为极乐，生活清苦。墨者可以"赴汤蹈刃，死不旋踵"。卓姬很害怕云琅的师门就是墨家……墨家秘术从不外传，一旦外传，遂九死也需追索。平叟曾经猜测过云琅的师门是墨家，只是云琅好舒适的性格打消了他这个猜想。现在，人家墨家矩子刘颖都追过来了，卓姬才猛然间想起云琅说过，他是师门弃徒的说法，她的身子抖动得更加厉害了。

"孟子说，天下之说，不归杨，就归墨（说的是'拔一毛而利天下不为也'的杨朱，与主张'兼爱'的墨子）。云郎官，你师出何门？"

刘颖坐了下来，云琅才发现这个穿着旧衣服的家伙脚下确实踩着一双草鞋。云琅笑道："矩子舍本就末了，您既然是被卓氏大女的歌喉引来，何不先喝口茶水，听听让两位念念不忘的新曲子？"

刘颖愣了一下，一双纤长白皙的手放在案几上，轻声道："唐突了。"声音低沉，竟然有些黯然之意。

云琅拱手道："长者稍安，云家有一些新奇的汤水供奉，且容云琅去准备一下。"

云琅去了厨房，心惊胆战的卓姬也跟着去了厨房，刚赶进去，就一把拉住云琅的手哀求道："千万别告诉我你是墨家的弃徒。"

云琅手下不停，一边熟练地将茶饼掰碎放进茶罐，一边笑道："当一个皇族子弟成为墨家矩子之后，墨家基本上也就完蛋了。不用怕他们，他们快完蛋了。"

"你到底是不是墨家弃徒啊？"卓姬的眼泪都快下来了，她卓氏冶铁作坊，现在用的就是云琅给的冶铁法子冶铁。如果墨家开始追索，她不敢想那个后果。

云琅快速地把几份糕点摆在餐盘里，递给卓姬道："放心吧，我跟墨家八竿子都打不着。"

卓姬抱着木盘怀疑地道："真的？"

云琅笑道："自然是真的，比他们高级太多了。"

高级这个词，卓姬已经明白是什么意思了，既然云琅这样说，应该是真的，只要云琅不是墨家子弟，今天来家里的两个人，不管身份多么尊贵，也不外乎两个客人而已。卓姬端着绿豆糕以及花花绿绿的米糕出去了，云琅透过门缝，再次打量了一下来的这两个人。他确信，那个乐府大乐令确实是因为卓姬的歌喉来的，因为这个老汉前些天他见过，就是那个跟他一起站在二楼看阳陵邑的人。不过，这样的人一般都很遵守礼数，即便是想过来，也会先派仆役过来说一声，得到主人家的欢迎之后才会来。像这样蛮横地拍门而入，恐怕就是出自那位"膀胱"侯的怂恿了。

茶水沸腾了，香味四溢，不论是韩泽还是刘颖都对这种药汤很喜欢。两人就这种南方嘉木赞叹不绝，更对云家的糕点持肯定态度。当然，卓姬的演唱也是非常成功的，乐府大乐令对这首短歌极为推崇，当场要来白绢，在上面亲笔记录下来。云琅偷偷地看了一眼，结果一头雾水，白绢上布满了大大小小的圆圈或圆点，以及大小不一的方框，如同涂鸦。茶水喝了两轮，大乐令韩泽愉快地跟卓姬用一张古琴来为这首新歌定音。

刘颖则一脸哀愁道："世人不知墨家为何物久矣。"

云琅看着刘颖沉默了片刻，小声道："水车、水磨之事矩子可知？"

刘颖点点头。

云琅笑道："我有一个困难。"

刘颖的脸上也浮现出笑意，拱手道："郎官请说，只要有益于我墨家，万事皆可商量。"

第六〇章 脆弱的古代人

膀胱放在人身上是一个很重要的器官,自然,旁光侯也就不是等闲之辈,敢无视长平公主的人,在大汉不是很多,一来,皇帝对这个同胞姐姐非常尊重,二来,一连嫁了三个关内侯的人谁敢小觑?

刘颖的目的很简单,就是想要水车跟水磨的发明权,也就是说,他想要云琅告诉别人,这两样东西其实是他们墨家的发明……云琅现在是穷鬼,有三千亩地却没有能力盖房子,刘颖却很有钱……水磨已经给皇帝了,至于是谁发明的他觉得无所谓。

利益交换要比接受别人施舍好一万倍……尤其是长平,她并非是施舍,而是要挟,是控制。在后世的时候,云琅不觉得自己很自由,只要不犯罪,就可以无视所有人,也没有谁一定要把他攥在手心里当奴隶使唤。在大汉,他一样讨厌被别人控制,这让他觉得自己跟大汉土著没有什么区别。他明明多进化了两千多年,如果日子过得跟梁翁一样,不如死了算了……

卓姬虽然在跟韩泽弄音符,眼睛却总是不由自主地看云琅跟刘颖。见云琅露出了那种人畜无害的奸笑，就知道他们可能达成了一个不可告人的协议。

"这么说，水车、水磨都将由我墨家的人来修建？"刘颖小声道。

"当然，当然是由你们来修建，我出图，你们按图施工，施工完毕，你们拿走图就是了。至于我这里，会给陛下再出一张图，至于出处，我会告诉别人，是从你们墨家的机关消息中得到的启发。"

刘颖瞅着云琅道："你其实可以加入我墨家的，你现在年纪还幼，等老夫百年之后，以你的才智，不难成为墨家矩子。"

云琅很想骂人……这种不值钱的许诺，但凡是大人物都用得很顺手，是世界上最无聊的骗术，尤其是拿来骗年轻人，简直无往而不利。

云琅不答话，刘颖就叹口气道："现在的年轻人已经没有兼爱世人之心，整日里享受醇酒美妇，再无古人淳朴之心。"

云琅羞涩地笑道："小子荒唐惯了，让长辈见笑了。"

"无妨！"刘颖大度地摆摆手，他今日得到了想要的东西，自然心满意足，至于没有骗到云琅，只是一个小小的挫折，无损大局。墨家沉寂得太久了……董仲舒在未央宫上的一席话，让刘颖似乎已经看到了墨家的末日。墨家主张的兼爱、非攻，没一个是现在皇帝所喜欢并接受的。一心想给皇帝一个新墨家形象的刘颖，在与云琅达成协议之后，就决定三天之后，墨家进驻上林苑，开始着手修建云氏庄园。

刘颖跟韩泽离开之后，卓姬咬着嘴唇轻声道："你还缺多少粮食？"

翻看着帛书的云琅叹口气道："昨日还缺很多，今日已经不缺了。"

卓姬小声道："旁光侯？"

"是啊，他决定帮我出人、出钱、出粮食修建云氏庄园。"

"为什么啊？"

"因为我手里有一棵梧桐树啊，有了梧桐树再找金凤凰就不是很难了。"

卓姬有些难堪道："其实卓氏在终南山的庄园里还有一些存粮。"

云琅笑道:"那就运来,权当是我借的,庄园建成之后,我还需要很多粮食来招纳野人。等我家的庄园有了产出,我再加倍还你。"

卓姬愣愣地看着这个往日对她尖酸刻薄的少年很久,才黯然道:"你怎么就没能早生几年?"

云琅摇头道:"早生两年也不娶你,这一点你完全可以放心。"

原本泫然欲泣的卓姬听到这句话,已经流出来的眼泪一瞬间就被眼睛里的怒火蒸发得干干净净,见一只胖手在她面前晃悠,一把抓过来就狠狠地咬了下去。

"啊……"丑庸发出杀猪一般的叫声。卓姬抬头才看清楚,自己嘴里的咬的是丑庸的胖手,而云琅手里却抓着丑庸的臂膀……

"小郎,被咬破了。"丑庸抽咽着把流血的手放在云琅面前抱怨。

云琅无奈地说道:"谁叫你刚才偷偷摸摸地伸手问我要钱来着?正好被人家拿个正着。"

丑庸咧开大嘴哭道:"今天上街,看到一匹青绸,最适合给小郎做衣衫,我们身上的钱不够,才让伙计抱着青绸来家里取,谁知道大女会咬我。"

云琅瞅瞅丑庸手背上的那一圈渗血的牙印,倒吸了一口凉气道:"太狠了!"

能治疗丑庸伤口的自然只有钱,能弥补丑庸受伤心灵的,也只有钱。总之,一小块金子放在丑庸手里之后,这丫头也不知是聪明还是蠢,立刻就笑开了花,紧紧地攥着一小块金子喜滋滋地跑了。

当丫鬟当久了,对于拧、捏、掐、扭包括咬这些伤害早就习惯了。老梁在一边道:"那块金子能买两匹青绸。"

云琅大度地挥挥手道:"我今天找到了一个大金主来帮我们修建庄园,这点钱不算什么,今晚弄只羊,我们煮羊肉汤喝。"

老梁佩服地看着自家小郎,不知道说什么好,现在的阳陵邑里一片愁云惨雾,只有自家的庄园要开始起大房子了,这得多大的本事才能办到。

下午的时候,霍去病回来了。这家伙来到云家的时候,几乎处在一种半死状态。披风早就变成了泥巴披风,铠甲的缝隙里也全是泥巴,就连他的脸上也布满了泥点子,都已经干了,一说话,脸皮上的泥屑就唰唰往下掉。

梁翁、小虫、丑庸忙着给他烧热水洗澡,这家伙躺在屋檐下的席子上喝了满满一壶茶水,才交代了他这些天的去向。

长平侯府在蓝田的庄子倒霉了,这一次倒霉得很彻底,一股山洪从山里裹挟着巨石泥浆浩浩荡荡地将长平侯府家的庄园摧毁得干干净净。听起来很解气,可是,再听到霍去病哀痛的话云琅也有些不忍心。长平侯府食邑三百户,经过这一场洪水之后,就剩下不到一百户了……

"惨不忍睹!泥浆中混杂着尸体,太阳一晒,就恶臭十里。尸体太多,要尽快埋掉,否则一旦起了瘟疫,那里的人就要被全部杀掉。舅母仁慈,不忍心这样做,就下令府里所有人都参与救援,埋尸体。忙了半个月,才清理完毕,下手虽然快,还是有几个仆役上吐下泻,回不来了。"

云琅抽抽鼻子,就皱着眉头对梁翁道:"给澡盆里加醋,多多地添加,然后再煮一些柳枝水兑进去。"

霍去病惊讶地道:"这是为何?"

云琅不自觉地离霍去病远些,然后才道:"清除你身上的疫病。"

霍去病叫道:"我没疫病!"

"每个得了疫病的人都这么说。"

"我真的没有!"

"那也要被醋水跟柳枝水煮过之后才能确定,等一会我会让梁翁把水弄热些,你要在里面多泡一阵子,全身都要泡到。"

"这能预防疫病?"

"能减弱疫病,并杀死你携带的疫病。"

"你怎么知道?"

"你废话很多啊,其实我应该用石灰水泡你的,现在家里没有石灰窑,只能用醋代替。"

霍去病很无耻,当着丑庸、小虫、老梁的面就脱得赤条条地跳进了木桶,刚进去又闪电般地蹿了出来,龇牙咧嘴地指着木桶道:"烫啊……"

"你慢慢适应。"

云琅没心情看霍去病的光身子,背着手出了洗澡间。见卓姬趴在二楼朝下看,云琅就对她道:"赶紧回作坊,如果家里有发烧打摆子的人,就赶紧隔离,如果可以的话,就带着作坊里的人先离开阳陵邑,去你的南山庄园里躲几天。我感觉这里快要发疫病了。"

卓姬被疫病这个词吓坏了,这两个字在大汉几乎就是索命阎罗般的存在,它可不分什么贵族、奴役,只要沾染上了一样会死。

"回去之后,记着给作坊里下一道令,不准任何人喝凉水,必须煮开了喝,也不要吃生食,另外,再管管你作坊里的人,不准他们随地便溺。如果有人得痢疾,或者打摆子死了,就一把火把尸体烧成灰,要不然,死的人会更多。"

云琅说一句,卓姬就一脸惨白地点一下头,从来就没人知道疫病是怎么来的,且不说云琅说得对不对,至少他说出来了一个办法。

原本对这事毫不在意的霍去病,也听见了云琅的话,光着身子打了一个哆嗦,就咬着牙重新跳进了澡桶,这一次,他虽然很痛苦,却咬着牙一声不吭,并且按照云琅的吩咐,把脑袋也没进热水里。

云琅看着家里的四个人道:"女的去厨房,用你们常用的木桶装水洗澡,同样是热水,同样加醋,同样加柳枝水,身上的衣衫换掉之后,装在陶盆里用水煮开再晾晒。小虫,你要是再敢啃生萝卜你看我会不会打断你的腿。"

第六一章 鸟兽散

大灾之后必有大疫!

放在后世这句话就变成了大灾之后防大疫。一旦发生了巨大的灾情,灾区里面有很多把全身裹在白色防化服里面的人,背着一个喷雾器满世界地喷洒药水,不但杀毒,也杀蚊虫。

云琅相信这是一个必需的手段,以后世强大先进的卫生防疫能力,每次都如临大敌,在这个生态脆弱,人人喜欢满地便溺,吸收天地灵气的时代里,如果可以的话,他想把家里的这几个人包括他自己全部泡进消毒液里煮一遍。

云家最不缺的就是炉子,主要是主人很难伺候,总是需要热水,自然就会多备几个铁炉子来烧水。不一会儿,在浓烟滚滚中,又烧好了一大桶热水,梁翁驱赶着三个妇人进了厨房洗澡,他自己等小郎泡过之后,也赶紧泡进了药水里。

云琅不准霍去病再用清水冲洗身体,霍去病换上云琅的衣裳,他们两人的身体上散发着同样酸溜溜的味道,坐在屋檐下开始喝茶,吃点心。枣糕这种东西，霍去病就吃不够，一个人吃了一盆枣糕，这才意犹未尽地放下盆子，喝了一口茶水。

"我想回去，云琅，你别怪我，我知道我舅母在难为你，可是我一点办法都没有，我说了，却招来了禁足……可是……"

云琅拍拍霍去病的肩膀道："快回去，就按照我家的法子办，主要是不能喝生水、吃生食，不得随地便溺，发现有人发热、闹肚子就一定要隔离，家里多备纱帐，不能有蚊蝇。"

霍去病感激地看看云琅，咬咬牙，穿着云琅的衣裳就翻墙进了长平侯府。以德报怨自然不是云琅的本意，只是疫病这东西太过恶毒，一旦真的爆发，后果太恐怖……在大汉，一个村庄发生疫病，那就封锁一个村庄，如果一个镇子发生了疫病，就会封锁一个镇子，如果一座城发生疫病，他们就会封锁一座城……只许进，不许出，直到疫病彻底结束……

"收拾东西，我们明日一大早就出城，去上林苑。"云琅对梁翁吩咐道。

"小郎，咱家在上林苑里没房子，去了住在哪里？"

"松林里有一间木屋，我们暂时住在那里，就算是那里有野兽，也没有城里的疫病可怕。"

梁翁点点头道："确实如此，这就去准备。"很快，梁翁就找来了三辆马车，四个人忙忙碌碌地往马车上装行李。

傍晚的时候，疲惫的卓姬回来了，她身上也是一股子酸溜溜的味道，看来也用醋洗了一个澡。卓姬看着忙碌的丑庸，以及被堆得高高的马车，不解地问道："你们要去哪里？"

云琅把一床厚厚的羊毛褥子丢上马车道："出城！"

"出城？为何？"

"躲疫病！"

"疫病是可以躲开的吗？"

"废话，人烟稀少的地方，疫病发作的可能性就小，人烟稠密的地方，疫病发作的可能性就大，这是常识。"

"等等，我也跟你们出城！对了，你要去哪里？"

"上林苑！"

"那里是荒野，你不如跟我去终南山！"

云琅上前一把抱住卓姬，在她耳边轻声道："谢谢你，你算是第二个真正关心我的人，这份情谊我记住了。"

卓姬这一次没有发怒，她能感受出来，云琅这一次拥抱她没有占她便宜的意思，只是一门心思地想要表达感激之心。"终南山里有粮食，如果你需要的话，随时可以去拉。"

云琅笑道："你以后如果有什么过不去的难题，记着来找我，一次一斤黄金，童叟无欺。"

卓姬笑了起来，她记得当初在渭水河畔，云琅就说过这样的话，那时候她觉得自己被人勒索了，现在，这句话重新出现，她却觉得自己占了很大的便宜。"什么时候帮我解决问题能不收钱？"

"这不可能，如果我免费帮你出主意，后世子孙一定会怪我夺了他们的衣食。"

"好，等你的庄园修建好了，我登门祝贺！"

"快去准备吧，无论城里会不会有疫病暴发，人烟稀少的地方总是安全一些。"

跟云琅相比，大汉的人总是显得迟钝一些，天明的时候，在霍去病的护送下，云琅带着家里的一千石粮食出城，并没有受到城卫的为难，看样子长平已经吩咐过了。

"你真的不要护卫守护吗？"

"不用。"

"你保护不了你的四个仆役。"

"只要在山林里，我就能！"

"为何？"

"因为我有粮食！"

"这话说反了吧？就因为你有粮食，才是招贼的根源。"

"放心，我会用爱心来感化他们的。"

"我想骂人！"

"这里天高海阔，只要不骂我，你可以随便骂，就算是骂你舅母，我也装作听不见。"

霍去病叹口气道："昨日，我舅母对我说，她很担心你活不到成年。不是每一个人都像她一样只会用怀柔手段，也不是所有人都会在你摆脱羁绊之后像她这样温和地放弃。"

"刘颖是一个贪婪的人，而且还有些无耻，我知道他打的是什么主意，且看吧！"

霍去病担忧道："旁光侯看似平和，其实心胸最是狭窄不过，陛下之所以弃用他，最大的原因就是此人野心太大。抛弃了皇室的尊严，穿着草鞋充当墨家矩子，以墨家之名，行他收拢人心之事，是一个心机极深之辈，你要小心。"

云琅整理一下游春马的马鬃无所谓地道："看样子皇家好人不多啊。"

霍去病看看周围无奈地说道："四十几个藩王两百多个公主，一个个相互倾轧，好人活不长的。"

"看来以后要远离诸侯王，更要远离皇帝才能活得好啊。"

霍去病笑道："无所求自然要远离，有所求自然要靠拢。"

"所以我选择了把上林苑当家，这样做不但能获得皇家的庇护，也能最大限度地远离皇家。霍兄，在这个世界上生存，我们需要足够的智慧，皇帝如同一个能湮没一切的黑洞，你要小心，别没有拿到自己想要的，却把生命搭在上面。"

"你今天说的话很怪，有点像是在交代后事，难道说你不去羽林了？能拖到现在，将军已经是看在我舅母的份儿上了，再不去，会有人来捉你。"

云琅看着萧瑟的山野，长吸了一口气道："我已经给公孙将军去了一封信，说明了这里的事情，短时间内，他应该不会来烦我，毕竟，水车、水磨关系到百姓生计，将军不会计较的。"

霍去病摇头道："我总觉得你哪里不对，你在刻意疏远所有人。"

云琅笑道："目的达到了，继续在那个危险的旋涡里挣扎，你觉得是好事？以后想要见我，就来上林苑吧！"

"你不回阳陵邑，也不去长安了？"

"躲闪都来不及呢，如何会主动黏上去？"

"这么说，你的目的就是这三千亩地？"

"对啊！"

"我们这些人算什么？"

"朋友！"

霍去病淡然地点点头算是默认了，云琅表现出来的疏离感，依旧让他很不舒服。云琅取出那柄红玉匕首，递给霍去病道："你馋这柄匕首很久了，现在送给你。"

"算是我帮你运粮出阳陵邑的报酬吗？"

"滚，这柄匕首比这些粮食加起来都值钱。"

霍去病脸上终于有了一丝笑意，拍拍云琅的肩膀道："让你兄弟准备好，明年清明，我们好好地恶战一场。"

车队很长，一千石粮食就占据了五十辆马车，粮包摞得高高的，这让云琅非常担心马车脆弱的木头轮子能否承受这样的重压。走了三十里地之后，他终于放心了，那些车轮虽然给人的感觉很脆弱，而且吱吱呀呀的，却依旧在坚持。

城外一片破败。田野里还有倒伏的庄稼，这些庄稼的禾穗被剪走了，地里依旧还有宫奴在不死心地翻检庄稼，看样子是想捡拾一点漏掉的禾穗。

"大灾已经酿成，今明两年，他们的日子难过了……"云琅指着那些赤身裸体的人，一脸的黯然。

"大灾之后总有关于疫病的谣言，城里的人也将离开，一来是为了躲避疫病，二来方便去乡下就食，总之，就是一场闹哄哄的鸟兽散。"霍去病明显更加关心城里的人。

第六二章 仓促的开端

回到了骊山脚下，云琅觉得自己身体的每一个细胞都在欢呼跳跃。黛色的山顶，松涛阵阵；旁边的渭水，浊水滔滔。平原如同一张绿毯从脚下铺开，延伸到了远方。他张开双臂，像是在拥抱整片大地。听到远处的虎啸狼嚎，云琅的脸上浮现出笑意，梁翁、丑庸他们却瑟瑟发抖。霍去病看着云琅如此陶醉，不由得有些羡慕，这里环境虽然险恶，却是一方自由的天空。

云琅陶醉完毕，见丑庸、小虫脸上满是泪水，就指着群山对她们道："以后这片土地就是咱们家的。"

丑庸抓着云琅的胳膊道："有老虎……"

云琅莞尔一笑，拍拍丑庸的头顶道："那也是咱们家的老虎！"丑庸喜欢自家的东西多多的，比如自家的马、自家的牛、自家的猪羊、自家的鸡，可是小郎说到自家的老虎，她还是接受不了。

"老虎咬人！"小虫也在一旁发抖。

"这里的老虎不咬人！"深知瘟疫厉害的梁翁咬着牙骗自家闺女。

霍去病看着这奇怪的一家人，大笑两声，就命仆役们将马车赶进了松林。

他似乎很熟悉这里，几乎没有走岔路，就来到了那座木屋前面。一座木屋肯定是不够住的，霍去病带来的仆役中间有高手，在他的指挥下，开始伐木。长平家的部曲实力非常强大，云琅眼看着这群人拿着他新制作的超级工具，轻易地锯断一棵棵大树，然后再把巨木分成小段，那些壮汉就两两分开，扯动大锯，轻易地将那些木头分成两半，埋在事先挖好的壕沟里，七八棵大树并排用长钉钉起来就成了一堵墙。修理树干剩下的树枝也没有浪费，与收割来的芦苇编织之后，就搭在修建好的尖锥形的房顶上，然后把和好的泥巴丢上去，上面再铺设一层编织物，然后再铺一层泥巴。如此三次之后，在日落之前，三间还挂着新鲜松树枝子的木头房子就盖好了。

云琅看了，很是满意，虽然门窗都是粗树枝编织成的，却非常结实，虽然简陋，却处处透着大气。

"这是军中的营造法门，用了你拿来的钉子之后，不用卯榫，也不用捆扎，建造起来就更快了。不知不觉，我已经用了你很多的独门秘技。"

云琅笑道："自从你把自己压岁的金葫芦都拿出来之后，我觉得我的东西你都能用，以后不要再说这样的傻话。"

"如果我要你的那些东西你会不会怪罪？"霍去病想了很久之后才小心翼翼地问道。

云琅叹口气道："我做的所有图，你哪一天不翻个十遍八遍的？"

霍去病拍拍自己的脑门，然后认真地对云琅道："以后，只要是我有的，你都可以拿走。"云琅这才满意地点点头，觉得自己又做了一笔划算的买卖。

长平家的部曲们似乎非常喜欢云家的工具，尤其是斧头跟各种锯子。他们甚至顾不上吃完饭，趁着天边还有一丝亮光，抓紧清理小屋前面的空地。很不错，大树被锯断之后就变成了大桌子，粗大的梁木被锯断之后就变成了凳子，一道一丈高的围栏也很快出现了。他们趁着月光，再用夯锤将地面齐齐地夯了一遍，铺上运来的新河沙，二更时分，一座古朴的小院子就出现在了云琅面前。

云琅拍着粗大的梁柱道："这可是军中修建军寨的法门啊。"

霍去病笑道："他们本身就是我舅舅的部曲，自然通晓军中营造之法。"

新建成的房间还住不了人，部曲们往每一个新房间里丢了很多的炭火，由于木料都是湿的，并不担心起火，烧红的炭火遇到湿木柴之后，很快就冒出大量的浓烟，偌大的房间如同蒸笼一般。这样的熏蒸要进行两天才能把木料外面，以及里面的虫子全部熏死，炭火也要烧死那些没有被连根拔出的大树，让它的根部碳化，从而变得不容易腐朽。

"你为什么到现在还是不愿意接受我舅母赠送的奴仆？至少他们还是有一些勇力，可以保护你不受歹人伤害。"

云琅出神地瞅着被烟雾笼罩的房子，过了片刻才答道："我喜欢光屁股打天下的感觉，那种从无到有的过程才是人间最大的享受。"

霍去病笑道："虽然我知道这又是屁话，不过啊，听起来很长精神。明日清晨，我们就要走了，你自己好自为之！"

云琅看着黑乎乎的骊山笑道："只要这座山里还有山神，我就不会出事。"

霍去病找了一张毯子跟部曲们靠在一起，不一会儿就呼呼大睡。

云琅走进了原来的木屋，见梁翁还没有睡，就小声道："外面有人守卫，放心睡吧。"

梁翁扬扬手里明晃晃的斧头道："从今往后，这里就要靠老奴这柄斧头来保护大家的周全。"

云琅笑道："我看见铁匠炉子也支起来了，我们从今后就一边看墨家人帮我们建设庄园，一边打点铁器。"

打铁是梁翁的老本行，提起这些他就来精神，见三个妇人睡得深沉，就把自己身上的毯子给她们盖上，蹲在云琅身边道："我们打点什么好呢？"

"铠甲，战具！"

梁翁听了浑身打了一个哆嗦，连连摇头道："小郎，这个真不成，被官府捉到会被砍头的。"

云琅笑道："我们是在为羽林军打造铠甲、战具，哪来的麻烦呢？"

梁翁长出一口气道："吓死老奴了，还以为您要私造军械呢。"

云琅叹口气道："这是没法子的事情，你家小郎我身子骨看起来还算结实，却经不起羽林军的摧残，更不能丢下你们去边关取战功。我只好用铠甲、战具来换取不去军营的特权，如此，能保住我的官职，也能换来羽林对这里的保护。"

梁翁惭愧地道："老奴刚才还觉得小郎太莽撞了，没想到小郎早有安排，早知如此，老奴何必这般担心。"

云琅笑道："早点睡吧，明日墨家人就会到来，上林署的人也会到来，我们要丈量出三千亩土地，恐怕这不是一天两天就能完成的事情。"

卫青跟长平两个管家的时候用的是军法……所以那些部曲三更天才睡去，五更天就已经起来了，摸着黑站在院子里点名。被吵醒的云家五口人齐齐地趴在窗户上朝外看，天色还暗，看不清人脸，只能看见影影绰绰百十个高大的身影。一片嘈杂的脚步声过后，院子里很快就安静了下来。

霍去病并没有跟云琅打招呼，带着仆役部曲赶着空空的马车回阳陵邑去了。

粮食被整整齐齐地码在一个木头棚子下面，垫着厚厚的木料，粮食堆上满是干草，即便是下雨，也不会浸湿粮食，这些人想得非常周到。

太阳出来的时候，一家人才开始站在偌大的院子里欣赏自家的房子。一丈多高的围墙给了丑庸三个妇人极大的心理安慰，再不像昨日那般胆战心惊，多少有了一些笑脸。

湿漉漉的房子依旧在冒着白烟，白烟中夹杂着大量的水汽，那些部曲走的时候，又给上面铺了一层炭灰，足够烧到晚上的。

"下午的时候，就要把炭灰清理出去垫墙根，木头里面的水汽已经逼得差不多了，再烧下去，说不定会着火。"

还没有来得及吃早饭，就有人开始敲木门，笃笃的声响如同啄木鸟敲击空树干。三个妇人立刻就钻进了木屋，梁翁也不由自主地握紧了斧头。

云琅瞅了一眼大门笑道："烧水，烹茶，待客！"

第六三章 散播文明的方式

荒野中的刘颖才是真正的墨家矩子模样。麻衣，草鞋，斗笠，木杖，被摩挲得泛着红色古意的水葫芦，披着发，往门外一站，器宇轩昂到傻子都知道来了一位世外高人。

"矩子请进，容小子奉茶。"

刘颖摇摇头道："不必了，我们是来履行承诺的，不是来喝茶的。"

云琅不由自主地向他的身后望去，不由得倒吸了一口凉气。在他身后，军队般站立着七八百名大汉，与刘颖一般无二的打扮，像军队多过像文士。云琅愣了一下，不明白他们是怎么来到上林苑的，尤其是他们中很多人，腰上还挂着长剑，有的腰里还别着一柄大铁锤，更有过分的，背后交叉背着两柄长刀，一看就知道这人不好惹。八百个这样的人进了皇家禁苑，也不知道伪帝刘彻能不能睡着觉。

刘颖似乎看穿了云琅的心思，就笑着道："郎官放心，刘氏子弟进入自家花园，还用不着向陛下报备。"

云琅吃了一惊,讷讷道:"这些人都是皇家子弟?"

刘颖点头道:"家族百年传承,总有一些亲眷家世已然没落……"

"矩子还是进院子吧,小子不仅仅是想请矩子喝茶,主要是有一批工具需要矩子接收,有了这些东西,施工进度就能提高不少。不怕矩子笑话,小子还准备在这座庄园里过今年的冬天呢。"

刘颖的眼睛一亮,哦了一声,就很自然地进了门,目光首先就盯在梁翁手中的斧头上。也不见如何动作,他就已经到了梁翁身边,那柄斧头已经落进了刘颖的手中。他大喝一声,斧头在空中画了一个半圆,落在了云家的木头桩子做的凳子上。斧头似乎没有受到阻碍,直径一尺的木桩子就应声裂成两半。刘颖的手轻轻一抖,斧子就翻滚着重新飞起,他单手捉着斧头查看了一下钢口,叹息一声道:"百炼钢用在斧头上了,可惜。"

云琅笑道:"以墨家兼爱、非攻之精神,用在斧头上才是正途。"

刘颖把目光从斧头上收回来笑道:"如果郎官这样看待我墨家,那就太偏颇了。"刘颖并不打算给云琅解释一下墨家现在的精神文化,即便受到质疑也一笑了之,非常有风度。

带着云琅风格的各种工具被抬出来之后,刘颖的眼睛有些发红,两只耳朵也变成了红色,自然,脖子也变成了著名的红脖子。

"这是我给矩子的礼物!"这句话一定要快点说出来,刘颖的手已经摸到剑柄上了。

"只求矩子能够快快赶工,小子实在是不想在这样的破房子里过冬。"

工具箱子很重,刘颖单手就拎在手里,从他青筋暴跳的手背来看,他是不准备撒手了。"这有何难,有这八百墨家子弟,起一片山庄还用不了四个月……郎官静待,第一场雪落之前,这里会出现一座新的庄园。"

云琅指着他手里的工具笑道:"矩子需要尽快将这些工具散播出去,如果迟了,卓氏铁器作坊就会说这些东西都是他们的首创。"

刘颖冷哼一声道："区区商贾，也配！"说完就大步流星地走了。

此后的三天里，云家家的人就没有迈出大门一步，在他家的门外，是一座非常热闹的工地。参天大树一棵棵地被砍倒，大片的灌木林子被耕牛一片片连根拔出，石壁上烧火取石头的火焰彻夜不息，运送晒干的木料、青砖、青瓦的马车源源不绝。云琅不知道刘颖动用了多少人力，仅仅是工地上，人数就不下一千人。很巧，云琅看见了那个不把云家当回事，骄傲得如同上帝一样的木匠，可云琅现在在木匠身上看不到任何可以让木匠骄傲的地方，一样的麻衣，一样的灯笼裤，一样的草鞋，站在泥地里，跟一群人一起干活。只要稍有不对，旁边站着的墨家子弟就会大声地呵斥。

云琅从房顶上下来，叹息一声，怪不得刘颖敢说大话，墨家子弟现在根本就不干活，他们是监工，是打手，唯独不是什么事情都亲力亲为的墨家。

施工图给出去了，就没有云琅什么事情了，这也是人家刘颖要的效果。庄园是云家的，刘颖却是修给皇帝看的，这或许是他向皇帝表达臣服的一种方式。竹林、水洼、草坪、山溪、瀑布、松林、花池、温泉、楼阁、院落、假山、亭台，想要全部修建好，大概需要云琅付出一辈子的时间。事实上，刘颖在看到图纸的时候，也惊讶地合不拢嘴，然后，他就粗暴地砍掉了这里面大部分的工程……这就是为什么云琅连续三天窝在家里不出去的原因所在。占便宜没占到就是吃亏！

这样的日子，不能去找太宰，也不能去看老虎，这让云琅有些伤心。老虎总是在晚上嚎叫，它知道云琅就在这里，却因为这里有太多的人而不能过来。忍耐是一种美德，也是一种煎熬，更是一种折磨。来到这个世界仅仅一年，云琅就感受到了足够多的恶意。贵族之所以成为贵族，就跟他们孜孜不倦地剥削穷人有关。云琅想要突破阶级的束缚，就要面对所有勋贵的打压，这不是那些人在有意识地打压，而是一种本能，毕竟，山顶上的位置有限，不能容纳下所有人。一无所有的云琅，唯一能够依靠的就是他的智慧，以及他从他的世界带来的那些精神财富。

第五天的时候，云琅打开了木门，走出了松林，第一次站在高处俯视这片繁忙的工地。刘秀就坐在高处，他的身姿非常挺拔，即便是跪坐着，腰板依旧挺得笔直。他是刘颖的外甥，至少刘颖就是这么介绍的，他自从拿到了那套工具之后就离开了上林苑，把这里所有的事情都交给了刘秀。在刘秀身上看不到任何贵族的影子，仅仅是那一双满是茧子的手，就让云琅在第一时间把他划到穷人的行列里面去了。

"应该先蓄水，而不是先挖池塘。"云琅善意地指着泡在水里挖泥的劳力对刘秀道。

"我们需要泥制作泥砖，修建围墙的时候，多少泥砖都不够用的。"刘秀依旧看着工地，却没有看云琅。

"三千亩地全部用围墙围起来这不可能。"云琅明知道这是一句非常愚蠢的话，他依旧说了出来。

"我们要修建的是一座庄园，不是城池……"刘秀似乎不愿意跟云琅多说话，站起身就离开了，把云琅丢在原地。

"墨家的人都很冷淡。"云琅对跟在他身后的梁翁道。

"很无礼！"梁翁附和道。

他们今天的任务就是绕着这片土地走一圈，看看上林署的官员，是否按照地契上的数量给云家划够了三千亩土地。如果不是刘颖参与了土地丈量，上林署给云家划分田亩的时候会用井田划分法，也就是一步宽，百步长为一亩……比通用的大亩会少八成……

这个该死的世界里全是坑！在刘彻之前，这个国家施行的是无为而治，也就是说，国家对百姓的事情大部分是放任自流的，乱得一塌糊涂。

云家最具欺骗性的人就是丑庸，她每天早上在水潭边上汲水的时候，总能遇见一些向她讨要食物的野人妇孺。云琅跟梁翁就一个都看不见。

云家建造庄园，其实就是一个破坏原生态的过程，三千亩地其实很大，在修建庄园的时候，首先要清理的就是各种野生动物，自然也包括野人。丑庸认为这很不公平，云家盖房子，就把人家的房子扒掉，把那些人撵得像兔子一样满山乱跑。

云琅跟梁翁出来的另一个目的就是看看这里的野人合适不合适用。云家的庄园马上就要修建好了，三千亩大的地方只住五个人，这也太空旷了。

第六四章 丑庸的黄馍馍

三千亩地很大,云琅跟梁翁一起转悠了一整天,除了看见几只野鸡跟兔子,一个人都没有看见。回到家就看见丑庸跟小虫两人正在卖力地磨面,小小的石磨跟前已经堆了好大一堆糜子面。不仅仅如此,昨日她们就磨了很多糜子面,学云琅那样连夜揉好,放在瓦缸里发酵一晚,现在,磨盘边上堆满了蒸好的黄馍馍。云琅从磨盘上取了一个黄馍馍,咬了一口,味道还不错,就是有点发甜,他不爱吃这东西。梁翁跟着云琅转了一天,也早就饿了,跟着取了一个,大口地吃了起来。

云琅的余光忽然发现,丑庸跟小虫两人正仇恨地看着他跟梁翁。等他想要看仔细的时候,发现两个丫头又低下头卖力地磨面。"疯了,工匠们的伙食又不归我们管,你们弄这么多的黄馍馍做什么?"

"我饿!"丑庸回答得很快。

"好,我以后就盯着你吃,你要是不吃完,我打破你的脑袋灌进你肚子里去。"云琅愤怒地用指头点着丑庸的脑袋,这个傻丫头说话根本就不过脑子。

小虫赔着笑脸道:"能吃完,我也喜欢吃!"

云琅哼了一声,就进了刚刚烤干的新房间,他喜欢这种带着原始粗犷感觉的房子。对小丫头们吃饭,云琅是从来不管,也从来不限制的,他认为吃饭是一个极其愉悦的过程,被任何人、任何事情打搅都是不可原谅的。家里的粮食多,云琅从来都没有挨过饿,对于粮食他没有多大的感觉,既然丑庸她们喜欢吃,那就吃,无非是多做了一些,算得了什么。

梁翁若有所思地咬着黄馍馍进了房间,从云琅这里混了一大杯茶水之后,小声道:"这两娃不对劲啊。"

云琅笑道:"喜欢吃就吃,正是长身体的时候,多吃一点也正常,等以后家里养了鸡,给她们一人添个鸡蛋,身体吃得壮壮的比什么都好。"

"小郎,不是要管她们吃喝,主要是这两个丫头在扯谎哩。自从家里开始吃白面以后,她们对糜子碰都不碰,现在突然喜欢吃了,真是怪哉!"

云琅笑道:"吃东西就不要管了,你先帮我弄些竹简回来才是正事。"

梁翁笑着答应了,云琅对家里这两个丑丫头不是一般的宠溺,不像是对仆役,更像是长兄对妹妹的样子。梁翁没有猜错,云琅这个人因为在孤儿院待得久了,很容易就把自己带入长兄这个身份里去。当然,首先要能进入他的心里才成。

云琅对水的要求很高,刘颖派工匠从山泉边用水沟引来泉水,云琅嫌弃水里有土腥味,所以,每日清晨,丑庸就会带着小虫去一里地以外的泉眼处汲水。

这一天也不例外。天刚亮,丑庸就跟小虫偷偷摸摸地出发了,梁翁皱着眉头悄悄地在后面跟上。这个时间去汲水,外面的工地上人很少,他很担心两个孩子的安危。水罐子不装在背篓里,抱在怀里算怎么回事?背篓里装满了东西，还用麻布盖上，她们要干什么？眼看着俩丫头蹦蹦跳跳地向泉眼处走去，梁翁握紧了斧头，继续跟上。

泉眼就在不远处，甚至不用穿过松林，在松林的边上，有一大股泉水从松树根底下冒了出来，云琅将它称为松根水，乃是烹茶的上品水源。丑庸跟小虫来到了泉眼边上，放下罐子，就警惕地朝四周看，确定没有什么人了，才把双手拢在嘴边学布谷鸟叫。"布谷，布谷！"马上，松林里也传来了"布谷，布谷"的叫声，在远处跟踪的梁翁，一张老脸一下子就变得阴沉起来。他决定就在这里看着，看看这两个死丫头到底在私会何人。

先是一个赤着上身的半大小子从松林里钻了出来，等了片刻，没发现有什么危险，就朝林子里呼喝了一声："出来吧，丑庸姐姐给我们带吃的了。"话音刚落，就从松林里拥出十几个大大小小的孩子，急切地向丑庸跟小虫伸出了手。

"今天吃的很多，每人都有，不要抢，先给小的吃。"很快，丑庸跟小虫掀开背篓，从里面取出黄馍馍一个个地递给那些孩子。

梁翁攥紧斧头的手慢慢松了下来，靠在松树上看远处那些孩子就着泉水狼吞虎咽地吃黄馍馍。丑庸把最大的一个黄馍馍递给最先出来的少年道："褚狼，这个给你！"

少年接过黄馍馍露出洁白的牙齿笑道："多谢丑庸姐姐。"

丑庸有些不痛快地道："快吃吧，干什么不好，非要当强盗。"

少年尴尬地一个劲地冲着丑庸赔不是，从他絮絮叨叨的废话里，梁翁听出，就是这小子前两天抢劫了丑庸。怪不得那一天丑庸回来的时候，裙子上满是泥巴，问她还说是摔跤了。就目前的样子来看，这丫头根本就是在帮那个小子隐瞒！

那些孩子每人吃了一个黄馍馍，手里还拿着一个，两个大一点的孩子帮丑庸、小虫的罐子灌满了水，帮着背到他们最能接近院子的地方，这才放下背篓，一头钻进了松林。

每天这个时候，云琅已经起身了，在院子里跑上几十圈，松松筋骨之后，就要吃早餐了。见小虫跟丑庸背着背篓进来了，皱着眉头道："每天不要这么早就出去，等人多了再去，这个时候老虎都没回山洞呢。"

小虫吓得脖子一缩，吐了一下舌头，丑庸则笑道："早上的泉水干净。"

云琅笑道："这倒是真的，早上空气清冽，泉水的味道要比中午好上一个档次，就算是凉着喝也清心润肺。不过啊，你们还是不要大清早就出去了，等以后家里有了男仆，让他们去。"

丑庸放下背篓，拉着云琅袖子欢喜地道："咱家要收男仆了？"

云琅在饭桌前坐定笑道："那是自然，不但要收男仆，还要收很多人进来，这么大的一片地方，只有我们五个可不成。"

丑庸用力地抱着云琅的手臂，继续扭着道："年纪小点的男仆也收？"

云琅奇怪地看着丑庸道："如果你的家人在，不管老少我们都要，带回来就是了。"

丑庸连连点头，目光有些呆滞，不知道在想什么。云琅虽然很享受这种软绵绵的感觉，他还是把胳膊从丑庸的怀里抽出来，准备吃梁翁老婆给他准备的美味早餐。

美味早餐就是一大碗加了肉臊子的白面条，两碟子山野菜。离开了阳陵邑之后，基本上就没有豆花吃了。云琅刚刚吃完面前的白面条，见丑庸跟小虫吃面条吃得贪婪，就打趣道："你们不是喜欢吃黄馍馍吗？怎么又吃起面条来了？"

小虫惊恐地看着丑庸，丑庸是撒谎撒习惯的，张嘴道："黄馍馍留着午饭时吃。"

梁翁提着斧头从外面走了进来，听见了云琅跟丑庸、小虫的对话，恶狠狠地对丑庸跟小虫道："面条放下，喜欢吃黄馍馍，以后就吃黄馍馍！"

云琅见丑庸跟小虫的眼泪就要下来了，无奈地朝梁翁挥挥手道："吃饭呢，多什么话。"说着话，把小虫她们的饭碗往她们面前一推道，"快吃，难道还真的想吃黄馍馍不成?"

第六五章 第一次拒绝

梁翁自然把发现的事情跟云琅讲了一遍。云琅叹息一声，不得不佩服上苍的眼光，什么人善良，什么人恶毒，他老人家都看得一清二楚。他跟梁翁在外面转悠了一天都遇不见一个想要招揽的野人，丑庸跟小虫两人背个水都能遇见一大群……

云琅想要的人手是什么人呢？自然是半大的小子。成年人心思重，天知道他脑袋里想的是什么，半大小子就不一样了，云琅以为，除了他自己这种变态，其他的半大小子的心思还是很容易把握的。庄园的初期修建只需要半年时间，可是，庄园的长期修建任务，没有三五年休想有一个雏形，想要完全建设成功，那是一辈子的事情。修建庄园的过程，就是一个凝聚人心的过程，等庄园修建得差不多了，人心也就凝聚得差不多了，半大小子也就长大了。亲手修建好的庄园，对他们来说，就是家一般的存在。云琅要修建的不是庄园，而是一个家。

云琅严令梁翁不要去打扰丑庸跟小虫救济那些孩子的行为。在他眼中，这些孩子就是一只只正在往筛子底下蹦蹦跳跳的小麻雀，而丑庸跟小虫就是筛子下的木棒跟绳子，只要这些小麻雀蹦到了筛子底下，再把绳子猛地一拉，小麻雀就会被筛子扣在下面……云琅把话说明白之后，他与梁翁两个相视而笑，笑得嘿嘿的，如同两个阴谋家。

小虫跟丑庸很聪明，她们知道成袋子地取粮仓中的粮食，会被天天清点粮袋的梁翁发现，于是她们就找来一根竹管，打通竹节再一头削尖，只要插进粮袋，里面的糜子就会顺着管子流出来，每只袋子里都取一点，梁翁根本就发现不了。

"怎么可能会发现不了？这两个小傻瓜，每天都只戳后面的袋子，袋子上到处都是窟窿，为了不让窟窿淌米，还用草团堵住，这么明显的事情，老奴怎么可能发现不了？这两个孩子不会是傻子吧？别没有把人骗来，反而被那些小子骗走。老奴看过了，其中一个小子鬼精鬼精的，两句话就把丑庸跟我家的傻丫头说得哈哈大笑。"

云琅笑道："不可能，只要咱家有粮食，丑庸跟小虫就会立于不败之地。"

梁翁摇摇头道："难啊，卓氏大女那么聪慧的一个人，不就是被穷酸司马相如从蜀中骗到长安来的吗？您不知道，这女子长大了，心思就怪得很，一般人猜不透！"

云琅没有女儿，哪里会明白父亲对女儿的各种担心，哈哈一笑了之。在麻雀没有进入筛子之前，他没有阻止丑庸跟小虫继续偷粮食的打算。

羽林军的样子很像机器人，坐在马上的样子也很像，不过啊，一个个好像有些傻，都已经到了大门前了，也不知道下马，直挺挺地坐在战马上，就这么堵着大门。云琅打开大门，就看到了公孙敖那张丑陋的脸，说他丑陋，其实还是夸赞他了。面门上被人横斩了一刀的人，就算以前貌若宋玉，现在也一定成了魔鬼模样。

"拿来！"公孙敖的声音嘶哑，如同铁器互刮，难听得没边了。

117

"将军还是进屋子详谈吧！"

云琅的镇定出乎了公孙敖的预料，不过，公孙敖是一个实在的行动派。他翻身从战马背上跳下来，却没有站稳，其余的羽林军并没有露出什么鄙夷之色，云琅自然也不会，霍去病早就说过，公孙敖从龙城回来之后，就变成瘸子了。腿部受伤的人不好跪坐，公孙敖却跪坐在云家的席子上面，没有半点不适应，只是一双眼睛杀气腾腾，似乎总想干掉云琅。"长平侯说你在研究如何在长途跋涉的时候节省战马、畜力的损伤，可曾有了结果？"

云琅给公孙敖倒了一杯茶水，见他没有喝茶的意思就道："已经成了。"

"有用吗？"

"很有用，就是，将军来得不是时候。"

"看东西还要挑拣时日不成？"

"那是自然。"

公孙敖似乎在笑，眼角却在不断地跳动。云琅莞尔一笑，用指节轻轻地敲着桌子道："将军可能觉得云某在羞辱您，事实上云某没心情戏弄将军，军国大事，倾覆只在一念之间，如何看重都不为过。您甚至可能会以为云某是在利用长平侯来压制您，好获得一些便利，如果将军如此以为，那就太小看我云琅了。"

"某家不能先睹为快吗？"云琅的解释，公孙敖似乎接受了，他也不信云琅敢拿军务开玩笑，在大汉，拿军务开玩笑的人，早就被皇帝杀光了。

云琅摇摇头道："请恕云某无礼，说句实话，兹事体大，将军还没有资格看。"

对云琅的这句话，公孙敖反而没有什么怒火，长平侯与其余三路人马远征龙城，损耗最大的并非人员，而是战马、挽马，以及驮运物资的牲畜。仅此一战，大汉国就损耗了近一成的牲畜。如果云琅真的能够解决这个问题，他确实没有资格先睹为快。

"谁有?"

云琅笑道:"我不知道,反正长平侯以及长平公主在听说有这样的法子之后,他们就立刻告辞了,没有半分想要听的意思,这也是我为何一定要住进上林苑的原因所在。"

"你是羽林郎官!"

云琅点点头道:"这一点云某自然知道,既然受羽林庇护,自然要做有益于羽林的事情,一旦此事跟朝廷交代清楚,第一个受益的必定是我羽林。"

公孙敖对云琅的回答很满意,点点头道:"一旦事毕,即刻回营。"

云琅笑着取出自己的告身,放在公孙敖的面前道:"我这个羽林不上阵!"话说完,见公孙敖又有发怒的征兆,苦笑道,"活着的云琅,比死去的云琅值钱些。"

公孙敖认真地看着云琅道:"如果真能解决大问题,你这样的人上了战阵确实可惜,如果不能,你也不用上战阵,本将就能将你就地正法。"

云琅朝公孙敖拱手道:"将军如此看重,是云琅的幸运,然而,此事已经上报了,至今还没有人前来,也不知朝廷是何意。"

"没人来?"公孙敖吃了一惊。

云琅黯然地摇摇头,卫青出征雁门关在即,他想帮这个国家一把,却没有人理会。"或许他们以为是一个笑话吧!一个小小的羽林郎为了博上位,弄出来的一个笑话吧。"

公孙敖将面前的茶水一饮而尽,站起身道:"既然别人不当一回事,我就去问问陛下,羽林军不日就要出征,能少损失一匹马也是好的。"

云琅点点头,看着公孙敖道:"白送的东西没人在意,将军如果见到陛下,就说,在送出办法之后,我还想要张侯从西域带回来的种子,每样一份即可,就种在上林苑的这个庄园里。"

公孙敖闻言哈哈大笑,一巴掌拍在云琅的肩膀上道:"某家现在相信你真的有办法了！你且稍待，某家这就快马去长安！"

公孙敖是一个坐起厉行的人，赞了一下云家的好汤水，就跳上战马，向长安方向狂奔而去。他的骑术很好，坐在马上，立刻就成了一个彪悍的骑兵，再也看不出有半点残疾的意思。

第六六章 第二次拒绝

国王的归国王，上帝的归上帝……自己的当然归自己！不断地改变自己的生活，才是云琅最关心的问题。他想吃胡萝卜，想吃卷心菜，想吃茄子，想吃菠菜，想吃各种瓜，还想吃葡萄，吃苹果，想吃哈密瓜，想用甜菜熬糖……如果有人能从遥远的美洲再把辣椒、西红柿、土豆弄回来，云琅就觉得自己的生活已经大圆满了。

马蹄铁是个什么东西？能吃吗？一个操作不好，被匈奴得到了，大汉国会更惨。云琅相信，有了这个东西，大汉骑兵的奔袭速度会更快，会在匈奴人还没有来得及掌握马蹄铁技术的时候，就把他们赶到欧洲去。

大汉国的地理位置不好，北面是一望无际的沙漠戈壁，以及草原。残酷的生活环境自然能够养育出一群彪悍野蛮的种族。以种地为生的汉人，天生就不如与野兽搏斗、与天地自然搏斗过的匈奴人善战。他们的战士几乎是天生的，只要能够平安地长大，自然就是一个合格的战士。汉人的战士却需要持之以恒的训练，最后才能成为一个合格的战士。好在汉人的种群很大，这才勉强有了跟野蛮人战斗的基础。如果，大汉是一个很小的国家，偌大的中原，早就变成野蛮人的牧场了。

云琅的立身很正，他不一定喜欢刘彻，却对这片大地上的百姓充满了好感。跟他们在一起，他的疏离感很轻，即便是一时感到寂寞，也不过是时空造成的，他相信，只要给他时间，他会融入这个种群的，毕竟，他本身就属于这个伟大的种群。不论是曲辕犁，还是水车、水磨，还是将要交出去的马蹄铁，要钱只是很小的附带，让这个种群在这个最强大的时代里能够变得更强大，才是他的主要目的。过程是曲折的，目的却是正确的，只是，好东西想要送出去，却不被人重视，这让云琅觉得自己亏大了，有一种受到侮辱的感觉。他很期待这一次来的会是谁！

丑庸跟小虫两个小丫头如今对生活充满了希望，每一次成功从家里偷到粮食，都能让她们两人欢喜好久。家里的小石磨已经被她们找了一个拙劣的借口搬到她们房间里去了，两人放着好好的新房子不住，偏偏要住进原来的破房子里去，只因为那座房子距离云琅跟梁翁最远。云琅笑眯眯地看着两个小丫头如同老鼠一般的行径，心中却在按照她们拿走的粮食来计算，将有多少小麻雀进入自己的筛子……

总是这么偷粮食，有时候她们也会小小地内疚一下。"丑庸姐姐，我们总是偷粮食，我觉得有些对不起小郎，这都是他辛苦挣回来的粮食……"小虫忽然停止推磨，低声道。正在把糜子面往一起收拢的丑庸也一下子僵在那里了。这些天她们沉浸在救助别人的快乐中，不知不觉就忘记了，她们拿走的每一粒粮食都不属于她们。

小虫说的话很是让丑庸难过，跟云琅在一起的时候，她就会忘记自己是一个奴仆的事实。从小就是奴仆的丑庸，哪里会不知道她之所以能过上现在的日子，纯粹是因为云琅的大度与善良？如果自己做得很过分的话，就会失去主人的宠爱，再次变成一个真正的奴仆。她跟小虫现在做的事情，就属于奴仆的大忌。

丑庸丢下手里的簸箕，无力地躺在床上，无神的眼睛瞅着房顶，想起那些凄惨的孤儿，他们的脸一张张地从她眼前滑过，这让她的眼泪哗哗地往外淌，过了很久，她才再一次变得坚强起来。"如果被小郎发现，就让他打我一顿好了……不，打我两顿……"明知道是奢望，丑庸还是抱着最后的幻想这样道。

"丑庸姐姐，我不敢了……"小虫想起可怕的后果，小小的身子都在颤抖。

丑庸一边揉搓着手里的糜子面，一边咬着牙道："如果我们不给褚狼他们吃的，他们就只能去当强盗，他们那么小，能抢劫谁呢？你想看小猪、小豹、小布头他们都死掉吗？"

小虫一下子哭了起来，抱着丑庸的胳膊道："我们不能总是偷啊，粮包已经被我们弄走一层了，我耶耶这些天看我的眼神都不对。再这么下去，瞒不住的。"

丑庸木然地道："能瞒一时就瞒一时，我还有些小郎给的簪子，跟外面的工匠换一点粮食，让褚狼他们吃几顿饱饭，把身子养得再壮一些，小郎说不定就会看上他们，收回家里当仆役。"

小虫流着泪点点头，再次摇动了石磨，只是这一次，两人都没有什么心情说话，屋子里沉闷得厉害。

云琅再一次打开家里大门的时候，欢喜的表情立刻变得黯淡了下来。门外是一个宦官，一个年纪很小的宦官，抱着一柄杂色拂尘，坐在马车上高傲地看着云琅。大汉的很多宦官并未阉割，眼前的这一位就是如此。只不过，一个喉结高高并且有青胡茬的男子，一切都彻底女性化之后，就让人看得恶心了。云琅对同性之间的某些感情并不反对，只是需要一个前提，那就是男性心理发生了某些变化，大脑的认知承认他是女性。至于眼前的这位……他不过是想通过特殊渠道获得荣华富贵的玩物而已。

"给事黄门侍郎米丘恒曰……"

砰！

云琅没有给这个宦官把话说出来的机会，直接关上大门，不论那些人怎么敲门，他都不理不睬。他的整个心胸都被愤怒填满了……这一刻他真的有反汉复秦的想法。

"你会知道咱家的厉害！"一个尖厉的声音从门外传来。

"告诉米丘恒，想要知道什么，就提你的人头来见我！"云琅背着手站在门内，朝外面大叫一声。

马车骨碌碌地驶走了，听声音似乎很急促，宦官叫骂的腔调很有趣，完全没有阳刚之气。

梁翁忧愁地看着云琅，不知道说什么好。云琅长出一口气，拍拍梁翁的肩膀，瞅着院子里已经树好的拴马桩，就回到了自己的房间。

刘彻每日要批阅五百斤重的奏折，即便如此，在晚饭后还要看大量的绢帛密书。简牍上的奏折，是各地的官员所写，绢帛上的密书，却是绣衣使者所书。刘彻看完简牍之后，还会将简牍上的内容跟绢帛上的内容比对一下，然后才会做出决定。虽然不是所有的简牍都能找到与之对应的绢帛，这个过程刘彻却不会漏掉。

今日的简牍格外多，刘彻看完之后，已经是三更天了。他刚刚喝了一碗温热的羊奶，站起身活动一下腰身，一个乌衣宦官就匍匐在地轻声道："羽林郎云琅胆大妄为，驱逐了黄门，还声称，若要再见他，需要拿黄门首级敲门。"

刘彻的眉头轻皱，活动着发酸的脖子道："这么说，去上林苑的人不是米丘恒？"

宦官低声道："给事黄门侍郎米丘恒昨日要筹办未央宫属玉堂殿翻修事宜，因此派遣了小黄门周永前往。"

刘彻两只手抖了抖，看着明亮的长信宫灯道："朕的旨意是派他前往，既然他不愿意奔波,说明他已经没有用处了。斩两奴之头为云氏敲门砖。着中卫大夫张汤替朕走一遭,若云氏之法可行,赏赐万金,绢帛百匹,官升羽林千担司马,匹配行走十六,满足其讨要的种子。若其法不能行,斩之。"

第六七章 天下鹰犬

荒原中被整出来了大片的平地，仆役们拉着飞锤夯地，巨大的砸夯声与劳动号子声让松林里的鸟雀全部都搬离了，以至于云琅在清晨再也听不见清脆的鸟鸣声。人多的好处就是野兽不敢来了。这是一个进退的问题。原本在荒原上晃荡的野猪不见了，藏在草丛里的豹子也不见了，至于聪慧的狼群，它们走得更远了。

饥饿的仆役们在荒原上把所有能吃的东西都放进瓦罐里面煮，即便是敏捷的田鼠他们都不放过。刘颖在建造庄园上投入很大，他对云琅是大方的，对那些干活的仆役跟工匠却是吝啬的。云琅看到了那些工匠的生活状况，却只能袖手旁观，乱当好人的结果，就是成为最终的坏蛋，他也就干脆不理不睬。哪怕这座庄园最后成为血泪庄园，也不是云琅的错，庄园里的冤魂即便是要索命，也只能去找刘颖而不是他。

不论刘颖是不是一个贪婪的人，云琅不得不佩服他是一个一言九鼎的人。工程进度很快，平地上堆满了砖瓦、木料，就连高处的水库，也初见雏形，一尺宽、半尺厚、一米长的麻条石已经把山涧围堵起来,留给水车转动的水槽也单独分列出来了,只要堵上水口子,再把麻条石的背面堆上土,夯实之后,山溪的水流就只能从水车水槽里向下流。到时候湍急的溪水会在这条百米长的水槽上带动水车旋转,也会带动水磨工作,如果可能的话,云琅还想在上面修建一座水力冲压机。水槽的尽头,还有一个类似千斤闸的装置,用绞盘固定,不论是提升千斤闸,还是放下,都很方便。山洪来的时候就把水闸全部打开泄洪,水量不足的时候又能放下水闸蓄水。水车跟水磨才是庄园中最重要的东西,在这方面,刘颖下了大本钱。在水车、水磨还没有开始转动产生效益之前,云琅哪里都去不了。

每天早上,云琅都会坐在院子里闭目沉思一阵子,归纳一下这几日的得失。这是一个很好的习惯,有助于培养缜密的思维。以前的时候可以马虎,现在云琅可不敢偷懒,在这个世界里自己现在干的事情远比以前干的事情危险得多。云琅沉思的时候也是这个古朴的院子最美的时候,一个白衣少年跪坐在毡子上,身边有冒着蒸气的水壶,面前有高高的竹简,还有他正在喝的茶,斑驳的阳光落在他身上,有些落在他乌黑的头发上,如同一幅静态的画。这个时候也是院子最安静的时候,丑庸最喜欢看小郎思考的样子,觉得他像神仙。昨晚,太宰来过,所谓的来过,也不过是来到附近,一支羽箭带着一片帛书飞进了屋子,箭头是被折断的。帛书里的内容让云琅全身感到暖和。太宰不希望云琅冒险,嘱咐他一旦发现事情不对,就立刻逃离,他会在松林里接应。云琅固执地拒绝了,这是他唯一能够把始皇帝陵买下来的机会,一旦错过,此生无望。

两天前拒绝了小黄门,他不知道会有什么后果,刘彻的冷漠,让他对这个世界有些失望。而丑庸跟小虫表露出来的痛苦,又让云琅对这个世界充满了希望。这两种感觉是矛盾的,是冲突的,甚至是荒谬的。一会温暖,一会冰冷的感觉让他觉得自己像一个精神分裂者。等待的感觉不好,这等于把选择权交给了对方，自己处在被动的状态。

这不是云琅的做事方式，也违背他对刘彻的认知。人命这东西刘彻从来都不在意，他很小的时候就手握权柄，对建功立业、超越三皇五帝有着执着的追求。他从小接受的帝王教育里，也没有珍惜人命这一条。如果付出人命能够得到大收获，他并不在意会死多少人。

原野是亘古存在的，只是上面被人类的车马压出了一条大路，现在，这条大路上有一辆牛车吱吱地驶过来。一只瘦长的手掀开帘子，露出一张清癯的长脸，颌下无须，嘴唇上倒有一撮浓密的短须，见云琅站在大门前就笑道："某家张汤。"

这个名字在长安三辅能止儿啼。中大夫张汤之名之所以能够威震三辅，跟他从不通权达贵有关。皇太后的侄子犯了错，他就砍皇太后的侄子，平民百姓犯了错，他就砍平民百姓。在他的眼中只有皇帝跟律法，而没有人情或者其他东西存在。他以为皇帝鹰犬而自傲，不在意世人的看法，更不在意史书上的留名。这让他很自然地成为一柄剑，一柄专属皇帝使用的宝剑，锋利异常。

云琅躬身施礼道："兹事体大，张公不该独自一人来。"

张汤笑吟吟地从牛车上下来，指着车夫道："这不是两个人吗？郎官认为不够，某家这里还有两颗用来当敲门砖的首级！"张汤说着话，那个高大的车夫就从车辕底下取过两个包裹，放在云琅面前，打开之后，里面有两颗脑袋。"一个是给事黄门侍郎米丘恒的首级，另一个是小黄门周永的，云郎官勘验一下。"

云琅蹲下来，重新把包裹包好，站起身道："已经备好了，张公可以带走了。"

云琅拍拍手，梁翁就从院子里牵出游春马，交给了云琅。云琅把缰绳放在张汤手里，道："张公可以牵走这匹马，如果觉得可行，再把马还回来。"

张汤绕着游春马看了一圈，没有看出什么不同来，就笑道："有蹊跷？"

云琅笑道:"战马、牲畜远途奔行,最不耐磨的就是蹄甲,云某听说,长平侯远途奔袭龙城,战马损耗过半,其中四成是因为蹄甲破裂,现在,长平侯不用担心了。"

张汤看着已经走到远处的马夫,然后跪在地上抱着一条马腿看蹄甲。只见一条半环形的铁片被几枚小钉子牢牢地钉在蹄甲上,不由得抬头看了云琅一眼,直到把四条腿全部看完。他拍拍手站起来,笑道:"可能长久?"

云琅抚摸着游春马笑道:"已经将马掌钉上月余,马掌损耗不到一成,估计再用三月不成问题。"

张汤感慨地拍着游春马的脖子道:"战马与游春马是不同的。"

云琅笑道:"我家的游春马会跑,这些天驮载着云琅日日奔行。"

"骡马可行?"

"可行!"

张汤叹口气道:"看过郎官手段,张某才知世人何其愚蠢!"

云琅笑道:"战马、挽马、骡马分六组,三组有蹄铁,三组无蹄铁,其间又分战时、平日、远途,驱使一月之后,再看结果。张公下次再来的时候,记得还我游春马,也记得将我要的种子带来。"

蹄铁太简单了,简单到了让张汤看到这东西,就大概可以预估出结果。

见云琅这样说,张汤就指着牛车道:"千担司马的印信与种子俱在,郎官现在就要吗?"

云琅笑道:"这是自然,不知道这里的种子有没有适合夏秋日栽种的?"

张汤从怀里取出一枚用红布包裹的印信,递给了云琅,又收走了他的郎官印信。种子也被梁翁从牛车上取下来,牢牢地抱在怀里。

"还有一些黄金与绢帛,不日就会送到,另外,你可以招收十六名官俸部曲。"

"劳烦张公将陛下的赏赐兑换成粮食,即便是国库中的陈粮也无所谓。"

129

"哦？要粮食？"

云琅指指苍茫的上林苑叹息一声道："多活几个人罢了。"

"聚拢野人？"

"野人也是人，也是我大汉的子民。"

"这个说法新鲜，待某家回去思索一下，如果陛下不反对，你再施行吧。否则，国法之下，无人能逃。"

云琅笑了一下，从袖子里取出一套马蹄铁的原型递给张汤，看看天色，抱拳道："天色不早，云某就不留张公饮茶了。"

"正合某意！"张汤小心地将马蹄铁以及铁钉收进怀里，又从袖子里取出一个金击子，轻轻一敲，一声清脆的嗡鸣就久久地回荡在荒原上。一队羽林从松林里钻了出来，赶车的马夫也一样从松林里钻了出来，他们迅速围拢在张汤的周围。张汤见云琅有些惊讶，就笑道："你的头颅不错，可惜今日未能取之，甚憾！"

第六八章 冰冷的心

张汤一离开，荒原就变得春暖花开。军司马，在大汉已经不是一个小官了，遑论是羽林的军司马，掌军中赏善罚恶职能，地位仅仅在公孙敖之下。建章宫骑，也就是羽林，虽然只有两千人，却是皇帝亲军，地位超然，即便是最底层的军卒，也是谒见过天颜的。只是，羽林军隶属南军，负责皇城守卫，很少成建制地出战，往往都是挑选军中最勇悍者编入北军屯卫上阵杀敌。云琅成了军司马，就已经确定，只要他自己不犯傻，就不可能带兵出征。对于这个结果，云琅还是很满意的，前些天见识了羽林训练的残酷，现在好了，直接成了长官，再也不担心被公孙敖当狗一样虐待了。

张汤带来的种子不多，只有一小袋，除了云琅认识的几种瓜子之外，其余种子他也不认识，他吃过胡萝卜，但从来没有见过胡萝卜种子。不过啊，有甜瓜种子，还是让云琅非常开心，他流着口水不断地幻想明年夏日里酣畅淋漓吃甜瓜的情景。这完全是苦中作乐的想法，其实云琅到现在后脊梁上都有冷汗。自从张汤把两个宦官首级放在他面前的时候他就知道，如果自己的办法不灵光，张汤下一个动作就是砍掉他的脑袋。脑袋跟甜瓜的区别很大……不过，终于了却了一件心事。只希望这马蹄铁能够帮到大汉的百姓，因为军队的每一分损耗，最后的承受者都是百姓。

一场阴雨过后，大队的羽林从云家工地上走过，斗篷殷红，脑袋上的野鸡毛也如同树林一般茂盛。云琅站在路边，看见了霍去病，也看见了公孙敖。霍去病的一张小脸绷得紧紧的，公孙敖似乎很兴奋，用拳头在胸甲上重重地敲一下，还指指他的马蹄。云琅探手丢出一个银壶，公孙敖伸手接住，摇晃一下，满意地冲云琅跷起大拇指，然后他的战马从云琅面前呼啸而过。

羽林军这是要去平叛了。右扶风遭灾之后，有很多百姓遁入了山林，然后就有一个叫作张奇的人在杀了一头巨大的野猪之后，就自称奔豕大王。他收拢了几千流民，啸聚山林，趁着鄠县县令下乡查看灾情的时候，把县令以及县尉给一锅端了，还把县令携带的粮食分发给灾民，号称要平天下。

云琅相信这个奔豕大王很快就要被人像抓猪一样抓回来，然后在一个好日子被五马分尸。那些为了一口吃的跟着他一起造反的百姓，估计也只有死路一条，一千两百名羽林，足够把整个右扶风翻个底朝天的。送别了羽林，云琅就打算忘记这回事，想多了，万一想到自己也曾经想要反汉复秦，就觉得脖子痛。

家里的伙食最近好了很多，只是菜肴里面忽然多了蘑菇这么一个选项。蘑菇中有毒的远比没毒的要多得多。云琅从来就不敢在这个时代采蘑菇，因为后世吃的好多蘑菇都是经过好几千年脱毒之后才没有毒性的，万一吃到一个熟悉的觉得没毒的蘑菇把命送掉，那就太不值得了。"没有毒！"丑庸往嘴里塞了好大一筷子，还上下跳两下，证明自己没被毒死。这种蘑菇云琅认识，叫作鸡枞，以前常吃，尤其是做成鸡枞油之后，用来拌面条简直就是人间美味。拿水煮着吃，实在是糟蹋了……

"小郎，真好吃！"丑庸跟小虫两个尝到鸡枞油拌饭之后，认为自己以前吃的根本就不是蘑菇，是鸡肉。云琅自己也吃了很多，丢下饭碗道："以后尽量不要吃蘑菇，这东西弄不好就会让我们中毒。"

"没事的，他们常吃！"小虫刚刚说完话，一张小脸就变得煞白，同时，丑庸的一张脸也变白了。

云琅怒道："以后不要没事干就去跟那些劳役、工匠混在一起，更不要把家里的粮食偷偷给他们，这不是我们家应该管的事情，他们都是有主人的，我们管多了，人家会以为我们有什么别的心思，想要拐带他们的奴仆！"

"婢子再也不敢了……"丑庸认错的速度出奇地快。

同一时间，小虫也跪在地上，痛快地认错，没有半分的犹豫。

云琅怒道："拿粮食就拿粮食，把粮食口袋戳得都是窟窿干什么？罚你们两个把戳坏的粮食口袋都给缝补好，弄不好就不要吃晚饭了。"两个小丫头迅速去了堆放粮食的地方，卖力地把空了半截的粮食袋子抽出来，一袋袋地背去她们的房间，把粮食倒在床上，然后开始缝口袋。

冷眼旁观的梁翁等两个丫头进了屋子，才小声道："小郎，这样下去也不是个法子啊，这俩孩子最近连觉都睡不好，小虫母亲还说小虫最近总是做噩梦。"

云琅摇头道："再等等吧，张汤一天不发话我们一天就不能下手。天子脚下，办事要牢靠，不能有把柄被人家捉住。那些孩子都比较机敏，你追了这么些天，找到他们的巢穴了？"

梁翁摇摇头道："没有，主要是不敢深入林子，担心里面有野兽，最近老虎叫唤得更加凶了。小郎您也要小心，每次您出去散步的时候老虎就叫得越发地凶。"

云琅长叹一声道："慢慢来，慢慢来，稳妥，稳妥第一啊！"

一匹白色的骏马从石板上飞驰而过，马蹄铁踩踏在石板上擦出一团团火星，在黑夜中显得极为明显。马上骑士一直来到未央宫前才翻身下马，气都没有喘均匀，就单膝跪地，等着面前的皇帝检阅。

刘彻等宫卫将那匹马捆在架子上，翻出蹄子，这才走过去细细地看了一遍战马的四个蹄子。"十一天，跑了多远？"

骑士双手举着一个牛皮筒子大声道："回禀陛下，臣八月初九离开长安，一路上晓行夜宿，双马轮换，八月十四日就到了并州晋阳，休整一日，八月十五日往回赶路，方才赶回长安，全途三千里有余，有并州刺史印信为证。"

宦官接过牛皮筒子，烤开了火漆，抽出里面的绢帛看了一眼并拿给皇帝，道："起奏陛下，并州刺史印信查验无误。"

刘彻满意地点点头对骑士道："不错，赏赐绢帛十匹，下去吧！"

骑士谢恩之后，被宦官搀扶着出宫去了。

刘彻再次扫视了一眼依旧翻着的马蹄子，叹口气道："四枚铁片，几枚铁钉，让朕付出的代价太大了。云琅身世探查得如何了？"

一身黑色官服白玉为佩的张汤从黑暗里走出来，躬身道："终不可查！"

"龙城之战，牲畜战马损失几何？"

"一万万四千万钱。"

刘彻再次喟叹一声道："四枚铁片啊！看在这么多钱的分上，不可查，就不可查吧，告诉他，一旦水车、水磨成功，朕不吝关外侯！"

张汤跪倒在地，启奏道："太过！"

刘彻大笑道："上林苑内的关外侯，有什么过不过的？"

张汤闻言笑道："陛下圣明！"

"他要收拢上林苑内的野人？"

"正是，为此，云琅不惜将陛下赏赐的黄金和绢帛要微臣帮忙换成粮食。还说，野人也是人，也是大汉的子民，陛下德被四海，如天上红日，光芒当照耀我大汉国土上的每一个子民才是。"

刘彻点点头道："见识还是有一些的，不过，还是年幼，说话不知轻重，既然赏赐了田亩,那就连农户一并赏赐,百户为限。既然他认为野人也是人,那就让他自己收纳野人吧!"

张汤赞叹道:"陛下仁慈,万民称颂!"

第六九章 尘埃落定

世上最恐怖的动物是什么？答案：人。

云琅无法从学术层面来解答这个问题，只能从眼前的现实来判断。自从这里来了两千个饥饿的劳役，方圆五里之内，除了松鼠还敢在树上乱窜之外，就只有鸟儿在天空飞翔。就连野兔这种随地可见的动物，也携家带口地远遁深山。

云琅走在松林里心情舒畅。自家的跟别人家的确实有很大的不同，哪怕是枯树枝，他也想捡回去烧火。自家的东西省着点，别人家的别放坏了。这是他在孤儿院里学到的社会生存精髓。

一头斑斓猛虎猛地从灌木丛里蹿出来，一下子就把云琅扑倒在地，一条湿漉漉的大舌头劈头盖脸地舔下来了。云琅护着脸，无奈道："以后可别这样扑出来了，万一我不小心把别的老虎当成你，死得可就太冤枉了。"很长时间没见老虎，老虎兴奋的劲头一时半会还过不去。陪着它嬉闹了一阵子，云琅就找了一个干燥的地方，靠在老虎的身上絮絮叨叨地说着废话，跟以往一样。

"说实话，这个世界比我以前待的那个世界好多了，人也善良一些。当然，这个世界认字的全是王八蛋，他们不陷害一下、坑一下、鄙视一下别人就觉得不足以显示自己聪明。一个个高高在上跟他妈的神一样，以消遣他人为乐，以坑别人为荣。至于那些不识字的，在他们眼里就不是人，只配跟牛马一样地活着。老虎，你说我怎么才能痛快地抽这些王八蛋的脸呢？让他们一个个排队跪好，咱们戴着铁手套一巴掌一巴掌地抽过去？别舔我的手，你舌头上有倒刺，我的手之所以这么粗糙，就是你没事干舔的。你看啊，这片地以后都是咱家的，那些干活的人，等他们把活干得差不多了，就把他们全部撵走。我们自己招人进来，这样啊，你就能大大方方地出现在咱家的院子里了。林子里的那些人你不要咬他们，他们以后就是咱家的人，你以后想要吃好吃的，全靠他们辛勤干活……"

老虎身上很干净——太宰现在也学会给老虎洗澡刷毛了——一身金黄色的毛皮镶嵌着一些黑色的条纹，漂亮极了。没有寄生虫的老虎当然是一头最漂亮的老虎，只是，这家伙长得越发大了。巨大的爪子按在地上的脚印比碗口还大一些，每回看到老虎的爪子，云琅就会想起霍去病，也不知道这家伙到时候能不能经得起老虎的大爪子拍打！老虎是云琅唯一可以掏心窝子说话的对象，哪怕是太宰，也有很多话不适合对他说，至于霍去病，不能说的话就更多了。分别的时候，不论是云琅还是老虎，心情都不是太好。就像两个约会过的情人，谁都不愿意先离开。直到老虎钻进了树林，云琅才懒洋洋地向木屋走去。就在刚才，有两只松鼠全程观看了云琅跟老虎的嬉闹，他想用石头灭口，可惜没成功。

回家之后，云琅发现院子里多了非常多的粮食，一个面无表情的胥吏，取出一片帛书，要云琅用印。云琅看看家里堆积如山的粮食，觉得张汤的部属应该不敢贪污，就掏出司马印信痛快地用了印。

"军司马属户百家，只是需要军司马从野人中招揽。"看得出来，胥吏在努力地忍着不让自己笑出来。

云琅笑道:"却不知每家可有人数上限。"

胥吏笑道:"法无禁止皆可行!"

云琅笑道:"我喜欢这句话,真心喜欢。"胥吏办事,自然是要收取一些好处的,即便他不贪污,好处也是不能少的,这一边是公务,一边是人情,万万不可混为一谈。黄老之术治国,最大的好处就是放任自流,刘彻虽然雄心勃勃,想要改变,却不是短时间内能够成功的。

游春马回来了,只是马蹄子上的马蹄铁不见了踪影。这很能说明问题,那就表示皇帝不允许云琅再用马蹄铁。

对于这个时代的工匠,云琅其实是佩服的,用斧头把一整块木头劈成一块平整木板的手艺一般人做不到。水车上的水斗跟横杆居然是用一根木头制作成的,如果非要形容,云琅只能说那是一柄巨大的木勺。汉人很直接,如果整座高达三丈的水车能用一块木头雕刻出来,他们一定会这么干的。

刘颖对水车的外形做了很多改变,变得云琅都快要认不出来了,他顿时就觉得刘颖这个人很恶心。别人修改设计,是为了往好的方向发展,他倒好,是他娘的在复古!好在基座这东西他们实在是想不出怎么复古,没做多大的改动,木杠组成的齿轮组他们也没有那个聪明劲儿来改动,依旧保持了原样。整座水车在刘颖他们的不懈努力复古下,变成了一个巨大的转盘,带着几十把勺子。一旦转盘开始转动,就像是一个巨人在不断地用勺子把水从低处舀到高处,非常有创意。相比之下,水磨就好多了,主要是水磨这东西就是一个水轮带动一只石磨盘转动,是一个简单的机械,可以改动的地方实在是不多。悠闲作用的建筑物,刘颖把大量的时间用在了这两样东西上面。如今,基座已经安置好了,劳力们正在加固水库大坝,就这一点,云琅不做丝毫的让步,必须将石墙后面的土层夯结实,他可不愿意出现豆腐渣工程,到时候倒霉的可是云家的庄园。

日子一天天地过，树叶也一天天地变黄，云家庄园也一天天地在变换模样。主家居住的三层小楼已经有了模样，只要覆盖上瓦片就是一个好去处。只是高度有要求，不能超过两里地以外的长门宫。云琅知道那座宫殿里住着一个千古怨妇——陈阿娇。长门宫虽然是冷宫，却依旧是金碧辉煌的，刘彻从来都是一个说话算数的人，他将长门宫修建成了一座金屋，完美地诠释了他幼年时期的誓言——金屋藏娇。只是他真的把阿娇藏起来了，用一座金屋子就像是在一座金笼子里关着一只金丝雀，而他从来都不看。

骊山脚下到处都是温泉。刘颖最钦佩的就是云琅对温泉的运用，他无论如何也没有想到云琅会在庄园底下挖无数的明渠，引来滚烫的温泉水在明渠中流淌，而后盖上石板、木板，如此一来，即便是寒冬，这座庄园依旧会温暖如春。而到了春日，温泉水就会被引到别处，明渠中会有清凉的泉水灌进来，又能在炎炎的夏日里保持清凉。关中之地温泉甚多，在给云家修建庄园的同时，刘颖已经在有意识地筹划另一座宫殿，准备在皇帝而立之年作为礼物献上。

云家庄园的景致不算好，甚至可以说是附近十里的美景中最差的一处，除了适合种地之外，简直一无所取。相比房屋的建设，云琅更在乎地面，关中的山上多是沉积岩，由于沉积的时代不同，它们呈片状存在，只要开采出来，就是最好的铺设地面的材料。尤其是这东西的颜色呈青灰色，非常符合大汉人的审美观。又有了新的发现，刘颖也就不再省钱了，他很想看看云琅到底还有多少好东西没有拿出来。

水车竖起来的那一天，张汤又来了。即便这家伙有泰山崩于前而色不变的本事，当看到那一柄柄大勺子自动将水从沟渠里舀出来倒进加高的木槽中时，他还是颤抖得如同秋天寒风中的树叶。水磨的运转也是同一天，张汤饱食了一顿美味的面食，然后就无情地离开了。以前还说东西成了云家有可能封侯，但在水车、水磨都开始运转之后，不论是皇帝还是他，仿佛都忘记了这件事。

第七〇章 被遗忘的人

忘记云琅的不仅是皇帝以及长平、张汤这些人，刘颖也离开了云家庄园，只留下五百名仆役继续给云家硬化地面。云家的主楼只起来了一座大致的框架跟顶棚，木质的阁楼里面空荡荡的，除地板之外什么都没有。主楼边上的云楼以及塔楼也起来了，同样是一座毛坯楼，粗大的木头裸露在外面，看起来非常刺眼。好在地基的用料非常扎实，这些难看的楼阁还算结实，云琅最担心的下水跟给水也已经解决完毕，路面硬化得也不错，不论刘颖是一个什么样的人，工匠仆役们的活计干得还是不错的。谷场平坦，农田整齐，只要将农田上的灌木杂草烧掉之后，被分割出来的大片农田在明年开春就能耕种了。五百名工匠在用完最后一车石板料之后，连招呼都没有跟云琅打就离开了。

鼠目寸光是刘氏家族的通病，用你的时候千好万好，用不到你的时候就会不理不睬。背信弃义、忘恩负义也是刘氏家族的通病。相比韩信、英布，以及被剁成肉酱被众人分食的彭越，云琅觉得自己被皇家遗忘已经是最好的结果了。什么侯不侯的，张良晚年想要隐居都战战兢兢的，自己能在达到目的之后全身而退已经是上天保佑了。

出山是为了始皇陵，出风头弄钱还是为了始皇陵，入仕当官还是为了始皇陵，在外面装孙子，当送财童子依旧是为了始皇陵。如今，目的终于达到了……

时间虽然很短，云琅却觉得过了很久。如今，站在没有门窗的高楼上远眺始皇陵，云琅觉得鼻子酸酸的。如果说他以前面对始皇陵，只是觉得这是一座巨大的宝库，现在再看始皇陵，他就觉得这座陵墓开始有了生命……

工匠们走了，仆役们走了，三千亩地的云家庄园，就只剩下云家五口人。人走，鸟兽前进，这是必然的。梁翁看到一头吊睛白额猛虎在院子外面徘徊的时候，就觉得自己的前路一片漆黑。好在那头猛虎仅仅是看了一眼大门，顺手拍死一头不知死活的野猪就离开了。

云琅提着一个篮子，篮子里面装着换洗的衣衫，还有丑庸、小虫捡回来的一些野栗子，每一颗都非常饱满，再加上一只鸡跟一些糕点，就非常丰富了。"小郎，您不能再去温泉了，外面有老虎。"梁翁见云琅又要去泡温泉，连忙出声阻拦。

云琅笑着摇摇头道："不妨，前几天就见过那头老虎，送了它一只鸡，我们现在交情不错。你看看，人家不是送咱们一头野猪吗？快点收起来。"

梁翁很想告诉云琅，家里该进一些人了，比如一直被丑庸跟小虫喂养的那些孩子，见云琅并不在意，就生生地把话咽下去了。

云琅刚刚走进松林，老虎就从大树后面跳跃出来，跟云琅头顶头地玩耍一会，咬着篮子跟云琅一起去洗澡。云家的地盘被划定了，野人们自动搬离了这一片山林，于是，猎夫们也就不愿意进云家庄园了。太宰自然也从烦琐的巡山任务中解脱出来，他每日最大的乐趣就是坐在断崖上看云家的地盘一点点地从荒原变成庄园。最愉快的就是老虎，它现在可以肆无忌惮地在云家庄园范围内称王称霸，而不担心有猎人伤害它。

温泉池子是云琅最喜欢的地方,自然也是老虎最喜欢的地方。清澈透明的泉水在远处岩石上流淌下来,在山坳里汇聚成一汪清水,清澈见底,被阳光一照,如同一汪滚动的玉液。老虎把篮子叼到水池边,然后扑通一声跳了进去,快活地游动几下,随后就仰面朝天地躺在一块石板上,惬意地露出大脑袋,张着嘴问云琅要吃的。那只鸡就是给它准备的,云琅把鸡撕开,一块一块地喂老虎。一只鸡对老虎来说不过是餐前甜点罢了,再说了,总吃熟食对这家伙并没有好处。

云琅光溜溜地躺在老虎身边,瞅着老虎金黄色的皮毛随着水波荡漾,非常羡慕。他的头发也已经长得很长了,现在已经可以绾发髻了。以前总觉得男人绾发髻跟女人似的,现在看习惯了男人绾发髻,也就不觉得那么难为情。秋天的阳光有些毒辣,不过,躺在温泉池子里却没有那种坐在大太阳底下的感觉,露在水面上的皮肤被风一吹,反而有些冷。云琅把脑袋潜进水里,老虎也跟着钻进水里,在水底跟云琅比赛吹泡泡。

米酒一直泡在水里,这东西就是要温热之后喝起来才好。老虎的酒量不好,喝一口就瞌睡,不一会儿呼噜声就响了起来。太宰走路从来都不出声,却瞒不过老虎,老虎的耳朵抖动了两下就继续酣睡。太宰拿过云琅手里的酒壶,喝了一大口笑道:"怎么,想收那些孩子了?"

云琅叹息一声道:"总要问过你才成!"

太宰笑道:"你怎么知道那些孩子是我养的?"

"在这片荒原上,成人都在苦苦求生,这些孩子怎么可能活这么久?再者,他们居住的山洞居然就在始皇陵上,我就不信以你的细心会发现不了。"

"这些孩子原本都是我准备好的太宰五代!"

"你偷的?"

"不是,都是没了爹娘的孤儿,被人家从村子里丢出来的,我捡回来之后,把他们安置在那个山洞里。"

"这么说，他们都见过你？"

"没有，我都是等他们快要饿死了才抱他们去山洞的。他们以为我是山神。"

云琅点点头，打了一个哈欠道："等我睡醒了，我们就去办事。"

躺在温热的水里睡觉是一件非常消耗体力的事情。等云琅睡醒之后，老虎早就上了岸，趴在一块大石板上晒太阳。太宰靠在一棵树旁假寐，他已经习惯这种休息方式了。

云琅出门了，梁翁也不在家，丑庸、小虫今天特意多备了一些食物，准备给褚狼他们送过去。自从工匠们走了之后，丑庸跟小虫就很难有借口再弄到多余的粮食。两个丫头背着背篓来到泉水边上，不论她们怎么学布谷鸟叫，也没有人走出来。

两人一想到已经三天没有给褚狼他们送粮食了，就相视一眼，丢下水瓶，拨开一丛灌木，背着背篓钻了进去。她们沿着一条被踩踏出来的小径走了两里地，就看到一个小小的洞口。丑庸跟小虫毫不犹豫就钻了进去，刚刚想要张嘴呼唤褚狼，就听见山洞里响起一声震耳欲聋的老虎咆哮。

"嗷——"

一个少年跌跌撞撞地从山洞深处跑出来，刚刚向丑庸伸出小手，一头斑斓猛虎就踩着岩壁跳跃过来，一爪子将少年拍倒在地，并且用爪子按着少年的脑袋冲着目瞪口呆的丑庸、小虫咆哮一声。

"嗷——"

小虫翻了一个大大的白眼就软软地倒在地上。丑庸的头发被老虎咆哮喷出来的强大气流吹得向后飘飞，一股浓郁的烤鸡味让她差点窒息，她瞪大了眼睛直勾勾地看着面前的老虎，既不躲闪，也不昏厥，就这么直愣愣地站着。

"畜生，滚开啊……"褚狼从山洞里冲出来，挥舞着一支火把，想要把老虎赶走。野兽都是怕火的，即便是老虎这样的猛兽也不例外。唯独这头老虎是意外，它探出爪子，一爪子就拍飞了褚狼手里的火把，见火把跌落到山洞根部才放心地将褚狼扑倒在地，伸出殷红的舌头舔舐他的脸。山洞顶部的透气孔中有一道阳光落下来，洒在老虎狰狞的脸上，让老虎如同神兽。褚狼努力地抱住老虎粗壮的腿，向丑庸大吼道："快跑啊……"

刚刚摔倒的那个少年红着眼睛向老虎扑了过去，却被老虎钢鞭一般的尾巴抽在肚子上，身体如同折断一般向后倒飞，撞在洞墙壁上，软软地滑下来，瘫坐在地上。

第七一章 雨落无声

丑庸莫名其妙地愤怒了起来，举起背篓重重地砸在老虎头上。背篓里的糜子面弄了老虎一脑袋，老虎忍不住打了一个大大的喷嚏，爪子不由得一松。褚狼趁机从老虎爪子下滚了出来，一把抓住背篓，趁着老虎晃脑袋的工夫把背篓牢牢地扣在它的头上。老虎跳了起来，它的后背甚至碰到了山洞顶部，尖刺的爪子，两下就把背篓撕得粉碎。褚狼抱起那个靠墙傻坐着的兄弟，拉着丑庸就向外跑，同一时间，醒过来的小虫已经爬到了洞口。山洞并不大，老虎被人用背篓扣住脑袋，真的生气了，顾不上脑袋上的糜子面，一个虎跃就凌空飞了过来。褚狼只来得及大力推了丑庸一把，就被老虎尖利的爪子扣住肩膀倒拖了回去。

"老虎啊……"小虫从山洞里爬出来，看到外面的阳光，第一反应就是大声地叫唤。

丑庸被褚狼大力地一推，虽然出了山洞却重重地摔倒在地上，啃了一嘴的泥巴。见小虫像一只没头的苍蝇胡乱跑，她大声喊道："快去找小郎……"

云琅躲在大树后面，瞅着家里的两个蠢丫头，无奈地拍拍额头。见小虫马上就要勇猛地冲进一片荆棘林，云琅叹了口气，装作路过的样子从大树后面走了出来。小虫看见了云琅，尖叫一声就扑了过来，却被地上的藤蔓绊了一下，重重地摔在地上，往前挪动两步，抱着云琅的腿号啕大哭："有老虎！"

云琅低下身子拍拍小虫的脑袋对丑庸道："带她回去，我去看看。"说完话，他就钻进了山洞。

在小虫的眼中，自家小郎几乎是无所不能的，眼看着云琅走进了山洞，她欢喜地对呆滞的丑庸道："这下好了。"丑庸打了一个激灵，立刻就发疯一般地向山洞跑，一边跑一边喊："小郎快回来，真的有老虎，真的有老虎！"

还未跑到山洞，她就看见一头斑斓猛虎从山洞里蹿了出来，而她家小郎，正骑在老虎的身上，用力地掐着老虎的脖子。老虎胡蹦乱跳，想要把云琅从背上掀下来，云琅却抓紧了老虎的顶瓜皮，无论老虎怎么蹦跶，他都骑得稳稳的。一群少年从山洞里发一声喊就冲了出来，老虎见势不妙，驮着云琅一头钻进树林，几个闪跃之后就不见了。

"小郎……"丑庸尖叫一声，跟跟跄跄地向老虎跑掉的地方追了过去。褚狼一把抱住丑庸艰难地说："你别去，我去！"

丑庸看着褚狼被鲜血染红的肩膀，来不及说话，就看见他跳过灌木丛，勇猛地向松林深处奔去。丑庸泪眼模糊地瞅着面前的一群孩子，捶着胸口大哭道："是我害了小郎啊……"

老虎驮着云琅熟门熟路地穿过松林，越过峡谷，攀上骊山，最后重新来到了温泉池子边上。现在的老虎很难容忍自己肮脏，满身的糜子面让它的毛发脏乱不堪，见到温泉池子，它毫不犹豫地一头扎进水里。太宰靠在大树上似乎刚刚醒过来，瞅着正在洗手的云琅道："干吗要这么麻烦？"云琅笑道："我现在学会了一个道理，那就是不要相信任何无缘无故的帮助，更不要相信任何无缘无故的忠诚。这世上的每一样东西都需要我们自己去争取，我只相信自己争取来的，不相信凭空得到的。"

"所以，你就让老虎去抄那些孩子的底，然后你以上位者的姿态出现，让他们感恩戴德是不是？"

云琅抖着衣服上的糜子面无奈道："不要说得这么难听。一方面，我可是豁出命才把他们救了出来，他们至少知道我是重视他们的；另一方面，就是你说的施恩于人。"

"还不是一样？"

"我承认，我有些害怕了，被那些人坑过之后，我就担心被任何人坑。我的性子你是知道的，不能跟人论感情，一旦上升到论感情的地步，就很难拒绝他。我知道这是一个缺陷，可我总是不想弥补这个漏洞。因为这样，让我感觉我自己还活着。"

太宰笑道："随你怎么做吧，反正你的目的与我的是一致的，我就装着没看见过程。你不是说过只有坏蛋才能长命百岁吗？既然如此，你就不要总是当好人。"

与太宰的一番话，让云琅觉得浑身燥热，他干脆再一次跳进温泉池子里，在水底下停留了很久，直到快要被淹死了才抬起头。他无力地把脑袋耷拉在岩石上，瞅着湛蓝湛蓝的天空，觉得很没意思。

太宰把一颗栗子塞进老虎嘴里让它咬开，然后剥出一颗黄澄澄的栗子肉，随手塞进云琅嘴里道："知道不？这段时间是我此生最快活、最轻松的日子，每天坐在断崖上看脚下的庄园一点点地建起来，我就快活得想要大叫。"

云琅吃着香甜的栗子道："我们以后的每一天、每一刻都该如此快活才对。你今年才三十七，至少还能活三十年，过三十年快活的日子再死不迟。"

太宰瞅着远处的始皇陵，笑容渐渐地退去，表情逐渐变得坚毅起来。

"我想要更长久地快活！"

云琅没有看见太宰的脸，更没有听明白他话里的意思，一边跟老虎嬉戏，一边絮絮叨叨地向太宰诉说自己接下来的打算,他不仅仅要自己过幸福快活的日子,还要让身边的人,一起幸福地活到老死。

褚狼带着满身的伤痕回到了山洞口,早就哭得没了声的丑庸立刻爬起来,没看到云琅的身影,就再一次软软地倒在地上。丑庸哭,小虫也跟着哭,两人都哭得发软没了力气,褚狼只好做了两个滑竿,跟兄弟们一起扛着,把她们送回家。他们才到家门口,就看见梁翁站在墙上鬼哭狼号的,同样上墙的还有他那个多病的老婆。

"小郎带着老虎回家了……"

丑庸立刻来了力气,从滑竿上跳下来,打开院门一看,一只巨大的老虎正蹲坐在门前,好奇地看着她……今天家里吃饭的人多,丑庸跟小虫以及梁翁的老婆三个人忙碌了很久才做好了饭菜。只是,给云琅的是白米饭,其余人都是高粱米,即便如此,那些孩子依旧吃得非常香甜,一点腊肉被他们推让了很久才落在一个最小的女孩碗里。云琅很高兴。别的孩子距离云琅很远,就连梁翁都不敢靠近,这就让云琅吃饭的过程变得很麻烦。老虎不知道怎么了,它的盆子里全是肉不吃,偏偏张大了嘴巴等云琅往它嘴里喂饭。一盆子白米饭,云琅没吃多少,大半被老虎吃掉了。

家里敢在云琅饭盘里夹菜的只有年纪最小的小虫,十几片好吃的腊肠被小虫不知不觉地给吃光了。事实上,她的注意力也没放在腊肠上,而是放在了老虎的身上。

"小郎,您真的把老虎打服帖了?"

云琅抬手就给了老虎一个嘴巴子,这家伙刚刚吃完生肉,嘴上还沾着血,就敢把嘴巴往云琅的饭盘里塞。老虎吧唧一声,用舌头把嘴上的血渍全部舔舐干净,见云琅饭盘里也没什么特殊的东西,就低下头继续吃它的野猪肉。小虫趴在云琅身上,小心地一点点地拿指头去戳老虎的肩膀。她的手被云琅一把抓住,结结实实地按在老虎身上,小虫惨叫一声,屁股着火一般地跑开了。云琅见那个叫作褚狼的小子在看他，就招招手，示意褚狼过来。褚狼站在云琅面前，多少有些局促，刚才丑庸姐姐说了，小郎是个好人，也是一个有本事的人，他年纪轻轻便已经是俸禄一千石的官员，如果他们能在云家当仆役，以后就不用担心饿肚子了。

"爹娘还在吗？"云琅轻声问道。

褚狼摇摇头。

"还有亲眷可以投靠吗？"

褚狼继续摇头，见云琅指向了他的那些伙伴，他连忙道："他们跟我一样。"

云琅看了一眼焦急的丑庸，笑道："听丑庸说你们打算进家里当仆役，想好了吗？不管你明不明白其中的利害，我都要告诉你，当仆役之后，就再无改变的可能，你还想当仆役吗？"

褚狼看看一脸喜色的丑庸，认真地点点头，单膝跪地道："请主人成全。"

第七二章 欢乐的原野

一个偌大的宅院里如果没有人,就该叫鬼宅,即便是再漂亮,也会在很短的时间里变得破败,甚至坍塌掉。这很神奇。如果一座屋子里永远都有人居住,不论这间屋子有多么简陋,也比空旷的废宅更让人感觉舒适。

家里人口多了,云琅就打算搬到庄园里居住,那里尽管还非常简陋,却依旧被丑庸跟小虫认为是最英明的决定。家里的游春马日子过得不好,因为它要兼顾多重角色。没活干的时候它就是游春马,会被二十几个小子、小丫头争着骑;有活干的时候它就是挽马,需要拉上马车去荒原上带柴火回来。每当家里的粮食吃完了,而水磨又不堪用的时候,它还要拉着磨盘在原地转圈。

有老虎在,云家庄园附近根本就没有什么大型野兽敢来,后来,连兔子、野猪也消失得不见踪影。第一次可以自由自在地在地面上行动,而不虞有危险,那些孩子的天性在第一时间就被释放了出来。褚狼带着一群大些的孩子拿着云家的新式工具正在清除庄园里所有不需要的灌木,然后把灌木堆放在远处的田野里,只要等柴火晒干,这些灌木就会被一把大火烧掉,成为地里的肥料。云琅带着小些的孩子跟丑庸、小虫一起装扮自己的家。怎么装扮呢？家具是不用想了，大汉的木匠高傲得如同神仙，他们宁愿接受权贵的蹂躏，也不愿意放下身段去为普通人服务。

所以，云琅能做的就是用漆来让整个庄园变得生动起来。说到漆，这东西在大汉实在是太普遍了，这种从漆树上获取的汁液，在混合了各种颜料之后就有了把普通东西变成艺术品的神奇功能。于是，大汉贵人乃至平民家中，但凡是能上漆的东西，人们通通上一遍漆。有些东西上了百十遍漆料之后，就变成了真正的艺术珍品——漆器。《盐铁论》中说得好，在大汉，漆器已经成了百姓生老病死必需的器物，蜀中、兖州一带种植的漆树已经有上万亩的规模。给木头涂上漆，就能有效地防虫，防腐蚀，防止阳光暴晒，又能增加房子的美感，确实是一个很好的东西。唯一的麻烦就是很贵。在大汉，钱不值钱，值钱的是货物，很多时候人们不愿意接受钱这个谁都能随便制造的东西。在大汉，以货易货才是最好的贸易方式。云家的庄园没有产出，自然就没有货物，云琅积攒的两百万钱，买了十头牛跟十套最新式的元朔犁和耧车之后，也就剩不下多少了。好在家里的粮食很充足，可以一直吃到明年秋收。

云琅宁可去集市上花大价钱购买耕牛、农具，也不肯向长平或者卓姬张口，即便这样能够省很多钱。长平得知这个消息叹息了一声，就去忙着准备卫青出征事宜，霍去病去了右扶风平叛，没人能帮她转圜一下与云琅的关系。皇家的两千万钱卖地，已经成了长安街市上的一桩美谈。云琅用元朔犁、耧车、水车、水磨来换取皇家的三十顷地已经成了长安街市上的最大笑话。水车、水磨暂且不论，仅仅是元朔犁与耧车经过皇家专卖之后，获利何止两千万。长平知道皇帝曾经许诺过关外侯，也知道皇帝已经忘记了这件事。假如此事再无人提起，皇帝也会更愉快地装作忘记了自己曾经说过的话。

云琅自从出现在阳陵邑之后，跟他接触的人基本上都获利不菲，唯有云琅付出了这么多，得到的仅是三十顷荒地。世人对恩人的态度很奇怪，知恩图报的人很少，更多的是希望对自己有恩的人早点死掉的。皇帝不提，自然就没人再提起云琅，长平也不能说。至于卓姬，如今因为元朔犁日进斗金的，估计早就忘记云琅的存在了。长平很容易在脑海中营造出一个凄风苦雨般的云琅，却不知被人遗忘就是云琅目前最大的幸福。

少年们的身子很轻，平日里又在山野间奔跑习惯了，没人在意给高楼刷漆是一个苦差事，一个个吊在绳子拖拽的木板上，对自己轻易地就把难看的木头涂刷上美丽的颜色而欢喜不已。田野里的大火，日夜不息，每当一块土地上覆盖了厚厚的草木灰时，梁翁就会带着十几个半大的小子用曲辕犁把那里的土地翻耕一遍，然后把田地里的草根、树根挑出来，准备晒干之后继续烧。新式工具的大量使用，极大地提高了劳动效率，即便是一群孩子，在树叶落尽的时候也开垦出了六百亩地。如果不是云琅劝阻，那些兴奋的孩子说不定会把剩下的一千八百亩地也翻耕一遍，虽然这已经远远地超出了他们的能力范围。

每日傍晚，是云家庄园最好的时间。

丑庸、小虫以及梁婆在厨房里忙碌着，那些赶着耕牛回来的孩子，以及给高楼刷完漆的孩子会兴奋地钻进家里的温泉水渠里洗澡，这里的水虽然比不得山上的泉水好，用来洗澡却足够了。洗得白白的少年一个个正襟危坐在饭桌前，渴盼的目光总是离不开厨房。如果看到餐盘里有肉，就会有一大片赞叹声，并一起感谢老虎给他们带来的肉食。如果看到餐盘里只有盐菜，一个个就哀叹不绝，痛不欲生，埋怨老虎一点都不尽力。云琅坐在大长桌子的尽头，当他拿起筷子开始吃饭，也就宣告了吃饭比赛的开始。这种场面下，即便是最没胃口的人，也能多吃两碗。没人记得家里什么时候多了一位戴着高帽的教书先生，每日里吃完饭后的一个时辰，就是他们去松林中的老院子里接受教育的时候，每天都要认识十个字，否则，下场"凄惨"。

卫青带着亲卫离开长安的时候，第一场雪已经落下来了。大雪的到来，也就预示着冬藏真正开始了。冬藏首先的条件就是有东西可以藏！夏秋的一场大雨毁掉了关中近半的粮食,对于靠天吃饭的大汉人来说,只能依靠减少一半的口粮来度过。在大汉,没有国家赈济灾民的习惯,黄老之术的要义就在于放任自流。除了派兵镇压暴民之外,皇帝做的唯一一件好事就是开放山泽,允许百姓进入类似上林苑一类的地方自己去觅食。粮食不够,就上山狩猎,下河捉鱼,就连皇家也要参与。上林苑里人满为患,洁白的雪地上满是被人踩踏出来的脚印。因为是官府组织的狩猎、捕鱼活动,所以,云家这一块私人土地的权益得到了保障,没人在这一带搜捕野兽。

到了冬日,原本浑浊的渭河变得清澈见底。一条条的大网横拉在河面上,只要看看指头粗细的网眼,就知道他们这是在进行灭绝式的捕捞活动。云琅站在河边,欣赏眼前难得一见的大场面。

这里的渔民很聪明,在河道上拉了两条横向的粗大麻绳,麻绳上挂满了铁环,如果要收网,只需要把麻绳上的铁环拉过来,整条大网就会收拢到河边,然后就是波澜壮阔的收网阶段。看着在渔网里蹦跳的各种鱼,云琅觉得这一网至少有五百斤。一条半米长的鲇鱼落进了云琅的眼帘,他立刻大喊道:"鲇胡子鱼我都要了,用钱还是用粮食换?"

扯网的渔把头立刻叫道:"一斤糜子一斤鲇胡子鱼,换不换?"

云琅欢喜得舌头都快吐出来了,脑袋点得像小鸡啄米一般:"鲇胡子鱼全给老子留着……"

第七三章 阴险的云琅

以前在孤儿院的时候，云琅就喜欢吃鲇鱼。云婆婆烹调的鲇鱼堪称人间美味。硕大的鲇鱼狠狠地过两次油之后，斩成大块，用糖熬成糖色，放多多的葱姜蒜花椒爆香，红烧肉一样的做法，再把炸好的鱼块丢进去，加上黄酒一焖。只要鱼肉出锅，那香味能把人馋死，肥厚的肉段往糜子饭、白米饭、高粱米饭上一搁，再浇一勺子鱼汤……天啊，人间从此是洞天。

后来有点钱了，云琅就学着跟人吃清蒸鱼，据说这种吃法比较高级，能体现出食物的本味来……只是，一条腥不拉几的鱼放进盘子里，加几片葱姜，倒点蒸鱼油弄出淡不拉几的鱼，实在是难以入口。于是，云琅每次都面含微笑优雅地吃着清蒸鱼，速度很慢。很多时候，桌子上其余的菜都吃完了，就剩下大半片清蒸鱼依旧优雅地摆在盘子里，非常好看。且不论是两个鳃的鲈鱼，还是八十个鳃的鲈鱼，下场都差不多，每个吃到清蒸鱼的人都说鲜，却不愿意多吃。西北人大鱼大肉惯了，没有一条精致的南方人舌头，就不要装模作样。

鲇鱼最大的好处就是油多，肉厚，刺少，泛着黑光的鱼肉丢进滚烫的热油里面，仅仅是鱼皮爆裂的声音就能足足绕梁三日。云琅给鱼过油的时候，大锅边上就围满了馋涎欲滴，不，馋涎已经滴下来了的食客。二十个脑袋加上一颗老虎脑袋把大锅围得严严实实。

"要大火，大火……"

褚狼见自家兄弟扇火扇得不给力，立刻把兄弟拉开，自己蹲在炉子边上，用一把巨大的蒲扇，猛力地挥舞，火苗子一下就蹿起一尺高。葱姜蒜和花椒在热油里刚刚翻了一个滚，味道还没来得及窜出来，一大盆子已经炸好的肉段就劈头盖脸地落了下来，所有的香味都被鱼肉笼罩，调料的味道只能一丝丝地进入鱼肉。

几勺子肉汤进了大锅，云琅把巨大的蒲草编织的锅盖扣在大锅上，对身边的食客嫣然一笑："小火收汁，就好！"

食客们齐齐点头，包括那颗老虎头。

世上有一种客人非常讨厌，专门赶在人家吃饭的时候来拜访。平叟就是这样的客人。他带来了云琅想要的茶叶，跟一些赶制好的工具。云琅一点都不喜欢跟卓氏打交道，然而，茶叶只有平叟那里才有，至于工具，现在已经是卓氏最大的钱财来源。安排好随行的车夫跟护卫之后，平叟随着云琅一起进了云家主楼。

平叟在云琅的帮助下脱掉厚重的裘皮，迫不及待地问道："你庄子里的小仆役为何会恶狠狠地看着我？老夫似乎没有伤害过他们吧？"

云琅给平叟倒了一杯茶，笑道："他们确实很恨你啊。"

平叟顿了一下道："没道理！"

"怎么就没道理了？我刚刚做好了美食，你就带着五六个人来了，你们多吃一口，他们就会少吃一口，人是你带来的，他们不恨你恨谁？"

平叟用力地呼吸两口，然后就哈哈大笑，拍着手道："好运道啊！既然如此，即便是被他们恨，老夫也认了，这顿美食老夫是享用定了。"话刚刚出口,平叟的脸色就变了。

一头斑斓猛虎懒洋洋地上了楼,先是用绿油油的眼睛瞅了平叟一眼,然后凑到他身边闻闻,最后吧唧一声趴在云琅身边,把脑袋搁在爪子上闭目养神。平叟是一个见过大风浪的人,猛虎进来的时候虽然惊骇,但见老虎对他没有恶意,很快就恢复了往日的那种平和的模样。

"这头猛虎是你豢养的?多长时间了?"

云琅笑道:"两个月吧!"

平叟满含深意地瞅瞅云琅身边的老虎,就不再提了,话锋一转,把一封帛书放在云琅面前道:"这是卓氏铁器作坊的两成份子,你看看是否满意,满意了,我们再说别的。"

云琅将帛书推还给平叟道:"我以后打算埋头种地,外面的事情再也不理会了。"

平叟似乎料到云琅会这样说,捋着胡须呵呵笑道:"你这样的大才,可不是这片荒僻的地方所能容纳的。大丈夫纵不能展翅高飞,也一定要高歌猛进,像你这样一头钻进泥里算怎么回事啊?"

云琅皱眉道:"我也想飞,也飞了,结果被你们一脚踹进了火坑里,又高歌猛进了,结果……呵呵!"

"百折不挠方为大丈夫!"

"赶紧拉倒吧!我回来之后仔细思量了我这半年多的作为,结果惊出一身冷汗,如果不是运气好,现在坟头上的草都有两尺高了。还百折不挠呢!知不知道,很多人挠了一次就被五马分尸了?我决定了,以后就种地,给国家好好种粮食,熬到成年就娶一个丑老婆,别人看了会吐的那种,也不担心被纨绔子弟抢走,再生几个丑娃娃,把这一辈子安稳地过完,我就算是赚了。"

平叟皱着眉头道:"你用半年时间给自己弄了三千亩地,还弄了一个硕大的庄园,还是一千石的官身,这些都不说,仅仅是长平公主发话将你当子侄看这一点，就足以自傲了，你还有什么不满足的？你看看司马相如，三十几岁的人了，为了一个比马夫好不了多少的官，不但出卖了自己的红颜知己，还委曲求全地不惜给薛泽家的子侄授课，他还不是在继续为官身拼命？知足吧，老夫觉得你十年内弄一个侯爵出来不是难事！"

云琅撇撇嘴道："你能不能换一个好点的人跟我比啊？"

"那就卫青，够资格了吧？"

"还是算了，把自己的命吊在老天爷的裤裆里弄来的功勋我不干。平公，你不用劝我了，我就打算种地了。这年头其实安全才是第一位的。"

平叟笑道："长平公主果然没有猜错，你说我们在坑你，在利用你，事实上，这件事是不是应该反过来说？"

云琅坐直了身子笑道："占便宜的说我这个吃亏的在利用人，这话倒是新鲜，说说。"

平叟钦佩地看着云琅道："好精妙的安排啊，老夫深陷彀中而不自知，还窃窃自喜地以为占到了多大的便宜，却不知老夫等人的每一个举动都在你的算计之中。"平叟见云琅想要反驳，摆摆手道，"且听老夫说完。你一个布衣少年，无缘无故地突然出现在荒野上，从籍籍无名到名满长安只用了半年时间。先是在路边用一只鹿引起众人瞩目，而后就故意激怒霍去病与你大战一场，你用取巧的法子战胜了他，并且还弄下了一个清明之约，让老夫这等时时关注长平侯府的商贾对你有了一个新的认识。你出现在荒野上的时候，与老夫对弈一局，让老夫对你印象深刻，并且立即怂恿大女将你收归门下。于是，你就有了一个可以让别人看到你施展才华的地方，仅仅是冶铁一项，就让卓氏从《盐铁令》的对立者，变成了合作者，就让老夫将你视作天人。而你还心有不满，利用了霍去病的好胜心，在短短时间里跟他结为挚友，然后再利用长平心怀天下的心思，弄出来了一个曲辕犁，通过长平直达天听，并且给自己弄了一个皇帝亲军的身份。到了此处，老夫已经对你的布局跟谋算佩服得五体投地，然而，你犹自不足。你知道皇帝对曲辕犁非常看重，就利用我们也想探探你根底的心思，假装委屈地抛出了楼车……天啊，然后你就原形毕露地要求皇家给你一块地，还必须是上林苑里的地。知不知道啊？当皇帝答应之后，老夫震惊得彻夜难眠啊！你是一个什么样的妖孽啊……大汉国什么时候有布衣跟皇帝做交易这种事情？两千万钱……天啊，你会在乎两千万钱？从知道皇帝给出两千万钱这个价钱的时候，老夫就知道这三千亩地已经是你的囊中之物。果然，你又抛出了水车跟水磨……几乎一个钱都不用就拿到了那块地。

"可笑，长平、卓姬还准备为你筹钱，你却另辟蹊径地搭上了旁光侯刘颖，利用墨家急需名声的迫切心情，逼迫人家为你修建庄园。知道陛下为何会无视你的功劳吗？不是陛下舍不得一个名义上的关外侯，而是陛下已经对你生出了忌惮之心。如果不是你一定要把庄园安在上林苑，陛下可能会更加担忧。整个过程堪称天衣无缝，水到渠成……在这个过程中，所有人都在受益，所有人都有大好处，不论是卓姬，还是霍去病，抑或是长平、刘颖，乃至陛下。你用事实告诉所有人，你对这个世界、这个国家是有益的……于是，长安三辅就有了一个叫作云琅的羽林司马，一个只会给所有人带来好处的羽林司马，一个人人都想亲近、人人都想见识一下的羽林司马。"

第七四章 东窗事发

"如今，你已经得到了你想要的一切，唯一的麻烦就是年龄太小，所以你就招收了一些跟你同龄的少年野人当仆役，默默留在这座荒僻又安全的庄园，一边调教自己的仆役，一边等着身体慢慢长大……

"老夫不敢想你长成出山的那一刻会是什么样子，只知道，你比老夫见过的所有人都稳，都聪明，都博学，还知道进退……所以啊，卓氏的这两成份子就是我们的投名状，没有别的意思，只想抢在别人前面先抱住你的粗腿，免得以后没机会。"平叟说了很多话，丑庸端上来的饭菜已经有些凉了，他并不在意，就着白米饭吃得很是香甜。

一碗鱼肉吃得精光，平叟又对着那碗青菜汤感慨了很久，下雪天吃青菜的人家在长安三辅几乎没几家，其中就包括皇室在内。云琅一直不回答，事实上他也不知道该怎么回答。通过平叟的描述，他仿佛看见一个羽扇纶巾，风流倜傥，弹指间就让樯橹灰飞烟灭的云琅。问题是这人不像他啊……

从一开始，他的目标就非常明确，就是为了把始皇陵弄成自家的，至于把那些东西散出去，跟谋算有个屁关系。之所以把那些东西散出去，唯一的原因就是受不了光屁股在农田里操劳的那些汉人。他记得很清楚，自己第一次把户口从孤儿院往学校迁的时候，民族那一栏清清楚楚、明明白白地写着一个硕大的"汉"！也就是说，他跟那些光屁股在农田里劳作的人，都是一伙的。

要是没办法帮这些人也就罢了，问题是自己脑子里装了几百上千种可以改变他们生活的法子，这时候要是再不说出来，就不是愿意不愿意的事情，而是品质有问题的事情了。云婆婆允许云琅不择手段地去达到目的，却不允许他不善良。这句话听起来似乎很矛盾，其实是很有道理的，善良的人很容易被人欺负，云婆婆不希望云琅被人欺负，为此，一个信奉天主教的嬷嬷能去学校揪着欺负云琅是孤儿的老师的头发，泼妇一样地厮打，出门之后，却能把兜里不多的一点钱，施舍给一个长满脓疮的乞丐。奇怪的教育方式，自然就培育出云琅这种与一般人思维方式不一样的人。云琅吃完了饭，天也就黑了。

冬日里的天黑得早，褚狼他们吃完饭之后，就匆匆去了松林小院，太宰还在那里等他们，去晚了，后果很严重。平叟看着那些孩子一个个都抱着沙盘，惊讶地问道："你在找人教你的这些小仆役认字？"

云琅懒懒地摊开腿，把一张毯子盖在自己的腿上，头枕着老虎软软的肚皮道："一天认十个字，认不全的会挨打。"

平叟满意地点点头道："应该的，老夫就学的时候，一天只能认五个字，认不全的话，也会挨打。只需一年，他们就能认识很多的字，接下来再教授学问也就顺理成章了。"

云琅抓着老虎的爪子把玩道："刚才说的那些话以前怎么不对我说？"

平叟瞅着老虎道："缺一个突破口！"

"什么样的突破口呢？"

"你是如何准确地找到卓氏的这个突破口的。"

"现在找到了？"

平叟点点头道："找到了，看到老虎的第一眼起，我就找到了，也明白你为何会找到卓氏，并且把最大的一块好处给了卓氏。"

云琅按着老虎爪子上的肉垫，不断地让埋在肉垫缝隙里的爪子弹出，又收回。"是你家卓氏运气好！"

"不是，是你无耻地偷看了我家大女沐浴，然后觉得心中有愧，给的一点补偿！"

云琅皱眉道："这就有点毁人清誉了。"

平叟大笑道："带着老虎偷看女人沐浴这种事你都干得出来，还谈什么清誉！不过啊，话说回来了，窈窕淑女，君子好逑乃是人之常理，既然看了我家大女的身子，难道就没有一点什么想法？"

刚刚还是盖世高人的平叟，一瞬间就变成了一个淫猥的老汉。"老夫阅女多矣，卓氏大女不论从学识、风姿、教养、形貌都是上上之选，小郎，你看过了，难道还能无动于衷？你的明月玉牌，可就挂在大女的腰上……"

云琅看看傻乎乎的老虎，长叹一声，这一次算是被人家抓了一个正着，偷看女人洗澡是件很不好的事情，人家不但不生气，看样子还准备把人都给送过来。平叟见云琅终于把帛书拿走了，一张老脸笑得如同一朵盛开的菊花，他觉得自己给卓氏干了一辈子的长工，唯有这一次，是最成功的一次投资，也是最大的一笔投资。

两个喜欢喝茶的人凑在一起自然是要喝茶的，换着法子喝茶，是两人最大的乐趣。

"你最好找人从蜀中带些茶树苗子回来，我打算种在骊山。"

平叟瞅瞅窗外的大雪，摇头道："茶树生南国，这里种不活。"

云琅笑道："温泉边上应该可以，说不定还能种出滋味不一样的茶叶。"

平叟笑道："这很方便，老夫回去就修书一封，让犬子捎带过来就是。犬子对茶叶一道也颇有心得，不如就在你门下担任谒者如何？"

云琅笑道："谒者可是宰相府才有的官职,别忘了我仅仅是一个千石司马,俸禄还没谒者高。"

平叟哈哈大笑道："无妨,无妨,现在不能当谒者,不表示以后不能当谒者,你现在是千石司马,不代表以后不能成为关内侯。"

两人喝茶谈话一直到了后半夜。窗外的白雪没有停歇,簌簌地落下,让这个平静的夜晚,显得更加静谧。

天亮的时候,平叟吃过早饭就准备回去了,云琅将他送到大道边。两人的目光一起被道路上的几个雪包吸引了,从雪包的外形来看,里面应该是人。一夜大雪给了平叟、云琅一个美丽的夜晚,却给了这些人一个何其残酷的寒冬。护卫掸掉雪包上的白雪,一具具尸体就暴露了出来,男女都有,表情却是一致的,漆黑的面庞上都挂着诡异的表情。

平叟长叹一声,就上了马车,车轮碾着白雪离开了云家庄园。云琅让孩子们在门口搭建了一个棚子,开始煮香浓的小米粥,那些想要喝粥的人,唯一需要付出的就是帮着掩埋尸体。因为看到了外面的惨状,家里的伙食档次急剧下降,肥美的鲇鱼变成了一碗碗的鱼汤、白米饭,面条也变成了糜子面跟小米粥,更多的时候还是豆子粥……即便如此,云家的粮食依旧消耗得很快,每天来这里喝粥找活干的人更多了。

云琅没有停止施粥,却规定只给妇孺们喝,至于壮年男人,还是需要自己去山野里找草籽、树根一类的东西充饥。

官府也来了,没给云琅带来一粒米,只是给了一张匾额,上书"良善人家"!

绣衣使者也来了,仔细调查了云家,认为一屋子的小孩妇人跟一个糟老头实在是没有聚众造反的可能,在喝了云家一顿米粥之后,也走了。

张汤来的时候看着围在云家大门口的妇孺,冷冷地说了一句"莫要生事",然后也就走了。

卓姬派人送来了五百担粮食，自己却没有露面；长平送来了一千担粮食，说是欠云家的，现在还上，人也没有来。

事实上，自从云琅决定在门口架粥锅之后，他就再也没有出大门一步，从头到尾，干这事的人是梁翁与丑庸、褚狼他们……

事实证明，主人对一件事情撒手不管之后，后果会非常严重。当云琅在一个晴朗的日子里走出家门才发现——他已经成了一个拥有四百多仆役的奴隶主，原本在门外喝粥的人，全部住在了云家继续喝粥。拜他先前那道命令所赐，云家的仆役全是妇人跟小孩，一个成年男子都没有。

云琅在弄清楚了事情原委之后，又回到房间，紧紧关上房门。不久，胆战心惊的梁翁、丑庸、褚狼他们就听见主人的房间里发出了一声凄厉的狼嗥……

第七五章 自作自受

云琅躺在床上，脑门上盖着湿麻布，不断地呻吟着，紧皱的眉头即便是睡着了也拧成了一疙瘩。

"报应啊——！"

云琅从昏睡中醒来，瞅着趴在床沿上已经睡着的丑庸，感慨出声。如果他当初不是很阴暗地利用丑庸、小虫的同情心去收拢褚狼他们的话，丑庸、小虫、褚狼他们绝对不会有胆子往家里塞这多人。这都是他纵容的结果，怨不得别人。

官府的账册上，已经登记了这些无家可归的人的去处，上面明明白白地写着在云家执役。家主云琅名下已经有四百三十八个仆役，年纪最大的五十七岁，年纪最小的两个月，成年男丁——一人！

云琅相信，自己现在一定是整个长安三辅奴隶主中最大的笑话。他也相信，官府中的那些屁用不顶的蠹虫现在恐怕已经笑得直不起腰了。把这些人开革出家门，只是云琅一句话的事情。然而，有当年云婆婆宁可自己饿肚子也要收养孤儿的珠玉在前,云琅无论如何都干不出把人攮走这样的事情。

家里一下子进来了四百多人,原本空旷的庄园顿时就有人满为患的感觉。不论是谷仓、还是塔楼、厢房、马厩、藏书楼,抑或太宰居住的松林居,处处人满为患。好在梁翁、丑庸他们知道主人对整洁有着近乎变态的要求,所以,家里的人虽然穿得破破烂烂,却还算干净,毕竟,云家最不缺少的就是热水。家里的人多了,云琅他们开垦出来的六百亩土地就不够用了,必须全部开垦完毕才能满足这些人对食物的要求。冬天,大地被冻得硬邦邦的,直接犁地,只会活活累死耕牛,弄坏犁头。

于是,在褚狼的带领下,大大小小的人都参与了找柴火这个工作,当柴火铺满田地的时候,一把大火下去,田野重新变成了火海。大汉最让云琅满意的一点就是植被非常茂盛,这些妇孺努力找到的柴火足足让田野燃烧了两天。趁地皮还烫手的时候,褚狼就带着所有的大孩子开始犁地,妇人们跟在后面捡拾地里的草根、树根,好晒干之后继续烧火。不用云琅管,褚狼他们干得很有章法,烧一片地,就犁一片地,等腊月到来的时候,剩余的一千八百亩地竟然被他们齐齐地犁了一遍。

闲下来的妇人们,甚至开始在地埂子边上编织篱笆,好预防将来可能出现的野猪、狐狸一类的害兽。她们吃得是如此之少,干得却是如此之多……

以前的时候,大汉国没有元旦这么一个说法,一般都是根据皇帝的生辰来定年节的。不知道从什么时候起,春种、夏长、秋收、冬藏变成人们参考时间的对照物之后,每年的最后一个月的结束,就变成了一个需要庆祝的节日。虽然还没有被皇家承认,但百姓们已经自发地这样做了。

云琅最近总是感觉到饿,主要是稀粥这东西根本就吃不饱人,粥喝多了,每天肚子里面的水晃荡,他感觉自己跟大牲口差不多。既然年节就要到了,云琅就想怎么着也要给家里的仆役们每人一套衣裳、一双鞋子,如果可能,再弄些羊毛毯子回来,虽然家里有地热,可是,在寒冬腊月天,如果不盖东西还是冷得厉害。

家里的粮食，如果是二十几个人吃，能吃好几年的，可是，现在有四百多张嘴，估计吃到四五月就会没吃的了。即便是全家喝稀粥，也只能坚持到六月，中间至少还缺一个多月的口粮。云琅决定先不管了，先过好一个年节再说。

长安三辅流传着一句名言——买东西，找张汤！云琅进了阳陵邑之后，找的第一个人就是张汤，这人虽然耿直酷毒得让人恶心，不过，相对来说，他也是最公平的一个人。中卫大夫的衙门在长安城，张汤如今却坐镇在阳陵邑，这里是长安三辅最大的一个县城，同时也是长安最大的物资集散地。张汤最拿手的事情就是把一个小小的罪名最后弄成一个滔天大罪，最后好抄别人家。别奇怪，每当国朝出现大灾难的时候，那些被国朝养肥了的"肥猪"就会被皇帝拉出来宰杀几头拿来"充饥"。张汤就是干这事的人。

这家伙就是一个穷鬼，如果云琅没记错的话，这家伙最后被砍头抄家的时候，家里连成串的钱都找不出来。

"尔收容四百余妇孺所为何来？"穷鬼张汤把玩着云家漂亮的金子，随口问道。

"我说是我管教不严造成的恶果，您信不信？"

张汤的三角眼神光很足，看了云琅半天才点点头道："信！"

云琅奇怪地问道："您这就信了？"

张汤指着他自己的眼睛笑道："法眼无差，再者你说的是实话，本官为何不信？一句话就能解脱的麻烦，你拿着最好的金子来买麻布，买粮食，买皮裘，本官为何不信？"

云琅遗憾地看着自己的金子叹口气道："那就帮我算便宜点，就当是赈济灾民了。"

张汤摇摇头道："国法无情，不可苟且，你可以从这卷账簿上寻找你需要的东西，价目就在上面！"说完就把手里的金子丢给胥吏，转身出去了。

云琅仔细地看完了账簿，倒吸了一口凉气对胥吏道："这上面的东西我全要了。"

胥吏笑眯眯地道："云司马，人不可过贪，张大夫能够给出刚才的那一番话，小人非常吃惊，按照账簿上的价钱卖货，这还是下官仅见。"

云琅遗憾地放下账簿道："粮食、麻布、农具、种子，能买多少买多少吧。"

胥吏笑道："这就对了，这才是您庄子上必需的东西，一下子拥进来四百多妇孺，张大夫就算是帮衬一把，也无人能说什么闲话。"

装东西的地方竟然不在官府的仓库，而是在别人家！男丁一个个被捆得结实，跪在冰冷的地面上，脑袋低垂着，脖子上架着钢刀。女眷们一个个靠着墙根站立，鬼哭狼号的。一帮纨绔子弟嘻嘻哈哈地站在前面，对那些女眷指指点点，挑肥拣瘦。

胥吏指着那些纨绔子弟笑道："这些都是长安城里的王侯子弟，平日里最喜去那些破家的大户人家挑选女眷回去糟践。也不知道他们哪来的兴致，也不怕有朝一日这样的惨剧落在他们家?!"

听这个胥吏这样说，云琅觉得这家伙很牛，连忙拱手问道："还不知官人名姓?!"

胥吏笑吟吟地道："下官王温舒！"

好吧，云琅听了这家伙的名字就想赶紧拉了这家倒霉蛋的粮食跟麻布走人，中尉府就没有好人，这个王温舒，也是刘彻麾下赫赫有名的酷吏。

被抄家的这户人家姓来，以前是梁王府上的国相，才回到长安不到两年，主人就死了，主人刚死，官府就来抄家了。冤枉不冤枉的谁知道？反正云琅很少对政治人物产生过同情。

就在云琅带着褚狼等人努力拉别人家产的时候，妇孺堆里忽然跑出来一个小男孩，一把抱住云琅的腿哀求道："小郎救救我！"云琅瞅瞅那些对他横眉竖眼的纨绔子弟，再看看脚下的小男孩，正要推脱，却看见一个妇人悲戚道："求小郎给他一条生路！"话音刚落，那个妇人就掏出一把刀子照着自己的胸口狠狠地捅了下去……

第七六章 两重天

妇人距离云琅不太远,刀子刺进胸膛的时候云琅却来不及阻止,他眼看着那个妇人两只眼睛直勾勾地瞅着他然后倒在地上,手指却一直指着那个已经傻掉了的孩子。云琅蹲下来看了看妇人中刀的位置,就知道没救了,这一刀堪称稳准狠的典范,一刀入心,可见这个妇人的死志是何等坚定。

妇人倒地的时候,血喷得老高,以至于沾染到了云琅的脸上,这让他非常不舒服。低头见那个孩子张大了嘴巴,眼睛快要从眼眶里掉出来了,他叹口气,手掌在孩子纤细的脖子上用力一捏,孩子就软软地靠在他身上昏厥了过去。

王温舒踱着步子走过来,用脚扒拉一下那个死去的妇人叹息一声道:"可惜了,这是这家里颜色最好的一个……"刚才的突发事件让那几个纨绔子弟愣住了,原本他们看中的就是这个妇人,只是王温舒要价太高,他们准备合伙凑钱买下来……云琅的出现让他们的打算落空了,他们很想冲过来找云琅出气,只是不知道云琅的底细,而且看见云琅挂在腰上的羽林腰牌还是纯黑色的高级军官专属，只好忍着，只是看云琅的眼神非常不友好。

王温舒朝几个纨绔子弟拱手笑道："这是一个意外，下官保证不会再有这样的事情了，几位请继续。"

云琅冲着王温舒抱拳道："这孩子一并卖给本官吧。"

王温舒苦笑一声道："自然可以，只是来氏族人不能平价卖出，这是陛下对来氏族人的惩处。"

云琅笑道："这是自然，使者尽管从本金中扣除就是。"

王温舒笑着点头，指指地上的尸体道："不如这具尸体也请云司马代为处置？"

云琅无言地抱抱拳，算是承了人家的情。

云家的马车、牛车、骡车、驴车上装满粮食、麻布、农具与盐巴等家用物什之后就驶出了来氏府邸。王温舒的办事效率惊人，进门的时候云琅还看见门口跪了一群男人，转瞬间，那些男人都变成了无头尸体，一堆堆横在院子里，满地都是已经凝固的鲜血。有衙役在用温水清洗那些被砍下来的人头，估计沾满血迹的脑袋不好给贵人验看。

云家来的都是些半大小子，看到这个场景之后，一个个恐惧得发抖，只有云琅跟褚狼还算好些，只是云琅完全是一副无所谓的表情，而褚狼则攥紧了拳头，不知道那些死尸让他想起了什么。这些小子来阳陵邑之前，一个个兴奋得快要飞起来了，野人能进入城市，对他们来说是一桩天大的好事。在路上的时候，一个个央求云琅在阳陵邑多停留一天，现在，看了这一幕之后，他们只想赶快离开这片让他们感到恐惧的地方。繁华的街市、熙熙攘攘的人群对他们已经没有了任何吸引力。

云琅一直强忍着心头那股子想要呕吐的感觉，正好看到有一队羽林军也押送着大批的粮秣准备回上林苑，云琅跟领头的郎官打了一个招呼之后，云家的车队就跟羽林的车队混编成了一支队伍。跟着军队走的好处就是不用上税，在大汉国，进城要交税，出城如果携带货物也要交税。云琅虽然没有正式进入军营，名声却已经传遍了羽林军，两千人的羽林军，虽然人数少，却军法严明，上下尊卑不但明确而且渗透在他们的日常生活中。

尽管云琅还没有进军营，但羽林郎官依旧以部属之礼见了云琅，而且很知礼地没有问起云家的马车上为何会多出一具女尸。

"这么说，将军他们该回来了？"云琅坐在羽林的马车上，拍着粮包问道。

郎官姓李，叫李染，云琅不知道他是不是跟飞将军李广家有关系。李染抱拳道："三日前收到军报，将军他们已经剿灭了叛贼，五天之后就会班师回营。"

云琅感慨地道："都是他娘的这场灾害闹的。"

李染摇头道："贼骨头就是贼骨头，今日不叛，明日也会叛乱的，早点剿灭，我们也好放心去北面。"

云琅点头道："这话在理，匈奴才是我们的心腹大患，不把匈奴斩尽杀绝，我们就没有好日子过。"

李染看着云琅好半天才道："司马为何久久不愿入营？"

云琅笑道："你看我像一个骁勇善战的猛士吗？"

李染见云琅语气平和，就尴尬地摇着头道："没见您显露过。"

云琅笑道："还是别显露了，一显露就成笑话了。我的本事不在军阵上，而在如何把你们武装成世上最精锐的战士，如果上阵，还要依靠你们。"

李染嘿嘿地傻笑，不知道该怎么接云琅的话。

傍晚扎营的时候，李染就已经喜欢上了云琅，因为云琅竟然用他的头盔，做出了一种叫作锅盔的面食。只用了一点荤油跟烫熟的面团，加了一点盐就做出来非常美味的面食，这东西配上煮熟的肥肉，肉香、面香混合在一起，咬一口之后，就让李染欲罢不能。最重要的是，这东西制作方便，随便点堆火，将士们用自己的铁盔就能做出来……

"这是我最近在考量的一种军粮,还没有完成,我准备以这东西为基础,制作出真正适合将士们吃的食物来,一来要保证美味,二来要保证方便,第三,做出来的东西一定要耐储存……"

云琅不知道自己跟李染说了些什么,天亮之后就忘记了。如今的荒野一点都不安全,他只想在李染面前保持自己上官的威风,好让李染在危险来临的时候能全力保护他。

当云家的车队进了云家庄园之后,他就连李染这个人都忘记了。紧张了一路的少年们,在踏进庄园的那一刻,就欢喜起来了,他们欢乐的情绪感染了云琅,他站在一辆最高的粮车上,跟那些少年一起尽情地号叫。家里的妇孺们也很高兴,她们总是担心自己这些人会把主家吃穷了,现在,又有新的粮食来了,由不得她们不欢喜。

那个小男孩跟他母亲的尸体,云琅交给了梁翁去处理,这方面他应该很有经验。

美美地洗了一个澡,然后吃了一顿羊肉汤,云琅就睡了大半天。等他醒来的时候,丑庸已经点上了油灯,跟小虫两个坐在温热的地板上,小声说着话。见云琅起来了,丑庸就端来了一碗热粥,让他充饥。

"那个孩子安顿好了?"

丑庸点点头道:"安顿好了。只是,小郎您没有发现她是一个女子吗?"

云琅摇摇头道:"当时啊,事情发生得太快、太惨烈,她母亲根本就没有给我拒绝的机会,就直接自杀了,血都喷到我脸上了,我除了答应还能怎么做?哪有工夫看那个孩子是不是女子。"

丑庸噘着嘴道:"您不知道,人家可是一个大户人家的女子,您把她弄来,是要伺候您呢,还是要我们伺候她?"

云琅叹口气道:"都省省吧,这女孩子也就七八岁不到十岁的样子,针对她做什么?这世道活着就算是不错了,不要要求太高。"

丑庸跟着叹口气道:"好吧,让她跟着我,学学咱家的规矩,也让她知道知道,她已经不是大户人家的女子了。"

小虫快快地道:"人家还会写字呢,会写墓碑!"

听小虫这么说,云琅的眉头就拧了起来,抬手就给小虫后脑勺一巴掌。"你学了两个月的字,连你耶耶跟你母亲,还有你的名字都不会写吗?"

小虫委屈地瞅着云琅道:"会写名字,可是我不会写墓碑。"

丑庸连忙搂住小虫低声道:"快闭嘴吧,墓碑上写的就是名字!"

"啊?"小虫不由得张大了嘴巴。

第七七章 死心眼的老秦人

红袖站在云琅面前的时候，如同一只受伤的小兽，一个劲地往相对熟悉的丑庸怀里钻。云琅看了一眼红袖，就知道丑庸跟小虫为什么会担心并且嫉妒了，才九岁的孩子，就长成祸国殃民的模样，难怪她母亲拼着一死也要把她交给看起来人畜无害的云琅。

"七天后再去看你母亲一眼，然后就跟着丑庸、小虫好好过日子，听王温舒说你母亲也是人家的侍妾，你在这里的环境可能还要比你在来家好一些。好好吃饭，好好睡觉，好好长大……就算是对得起你母亲的牺牲了。"

红袖怯生生地点点头，只是大大的黑眼睛里依旧满是不安。

原本发麻布这种事情云琅是交给梁翁跟丑庸的，谁知道丑庸硬是给云琅穿上裘衣，将他按在一张粗糙的椅子上，让他如同座山雕一般地俯视着下面欢喜地等待领麻布回去做衣衫的妇人们。老虎就趴在云琅身边，只是这家伙现在威风全无，满庄子的孩子们最喜欢跟老虎一起玩闹，早就没人把它当作兽中之王看待了。只有褚狼他们才知道，大王发威的时候是何等可怕。

"拜谢小郎……"

"小妇人给小郎磕头了……"

"多好的麻布啊……"

此时的云琅就是一尊摆在神龛上的泥雕木塑，一脸的威严，让所有人把自己这个家主认了一个遍。

仅有的一点绸布，被丑庸、小虫理所当然地瓜分了，连小虫老娘都没资格领。云琅就不喜欢穿绸缎衣衫，那东西冰冰凉凉的，还滑滑的，穿上那东西就像在身上裹了一条蛇。麻布这东西泛白，需要染色之后才能做衣裳，这难不倒那些妇人，这一点，云琅很放心，妇人天生就有把衣裳弄漂亮的本事。红袖也分到了一点麻布，不算多，但足够她做两套衣衫的。丑庸抖开红袖的麻布，在她身上不断地比量着，说是能做两套夹袄，剩下的还能做两双鞋子。看得出来，红袖很高兴。

家里的粮食多起来了，所以今天就不喝稀粥了，从渔把头那里换来的鱼早就被褚狼他们给制作成咸鱼了，因此，今天的菜就是蒸咸鱼。云琅瞅瞅自己碗里的半截咸鱼，叹了口气，一个伟大的后世人，竟然沦落到了吃咸鱼的地步……老虎同样是不吃咸鱼的，那东西有刺，它无奈地嚼着高粱米饭，吃一口，就冲云琅咕咬一声，委屈极了。云琅心里也不好受，可是，今年进上林苑的人太多，一群群饿得眼睛发绿的家伙钻进山林，莫要说野猪、豹子、狼一类的东西，就连老鼠他们都不放过……

红袖很怕老虎，云琅看得出来，可她在努力地控制自己的恐惧，向老虎靠拢，还颤巍巍地把自己碗里的咸鱼拔掉刺准备喂给老虎吃。一丁点咸鱼，老虎一口就吃没了……

云琅笑着摇摇头，这就是一个聪明人，自己当初不就是这么干的吗？先不讨好太宰，先从老虎身上下手。

吃过中午饭，一群妇人就带着老虎进山去找她们需要的染料了，红袖也想去，却被丑庸给骂了一顿，然后就跟着小虫一起带着驴子去水磨那里装褚狼他们磨好的面粉。

云琅跟太宰喝了一会茶，就重新开始设计云家的房子。这是没办法的事情，人太多了，不能全部挤在那些功能性的房子里，毕竟藏书楼、马厩一类的地方本来就不是给人住的。

"为什么一定要做这么多的架子？"

"这叫三脚架，砖墙起来之后，只要把三脚架搭在房顶，铺上檩条，再铺一层麦草泥，最后铺上瓦片，一栋房子就建成了，这是最省人工、木料、瓦片、砖石的法子。结构简单，妇人孩子们也能把这样的房子盖起来，最重要的是，这样的房子是一长条，只要把温泉沟从房子底下铺过去，一整栋房子都是暖和的。"

太宰无言地点点头，这方面，云琅是行家，他插不上话。"再有二十天，就是月圆之夜，我们回皇陵一趟，有些人你迟早都要见一面的。"

"老秦人？"

太宰点点头道："十年前，还有二十七人，五年前就剩下八个人了，也不知道这个五年，还能剩下几个人。"

云琅放下手里的毛笔，揉揉眼眶道："五年聚会一次？"

"五年后的第一个月圆之夜。"

"你在看守皇陵，别人在干什么？"

"谋划反汉复秦大业！"

"怪不得他们的死伤会如此惨重！"

太宰叹息一声道："都是不可多得的好汉子啊！"

云琅想了一下，沉声问道："他们全部知道皇陵的位置？"

太宰摇头道："这种秘密如何能让所有人知道？嬴氏后人已经不知所终，知道皇陵秘密的人，也只剩下你我了。"

"这种事情还是就我们两人知道最好,没有人可以保持百十年的忠贞,就算最初的一批人因为身受皇恩,愿意赴汤蹈火,这种恩情也是有时间限制的,四五代人过去了,情分也就淡了,说不定会有人生出别的想法。"

"这不可能,都是铁骨铮铮……"

"别铁骨铮铮了,凡是铁骨铮铮的都死了,我三天前看到了来家的下场,叫骂的被人一刀砍掉了脑袋,求饶的还是被人家砍掉了脑袋,两者之间的区别没你想的那么大。想要复国,汉国初期是最好的时候,那时候大秦的旧贵族还没有被杀光,汉国新的贵族还没有形成统治,错过了这个机会,就要等,等很长的时间。就像楚国灭亡的时候,人家在呐喊'楚虽三户,亡秦必楚',我们也得有这样的决心才能成事。"

太宰抬头看着房顶,悲伤地道:"如今是汉室最强大的时刻,等到汉室衰亡,不知道要等到什么时候。"

云琅当然知道要等到什么时候,有可能完成这一壮举的最少在一百多年以后的绿林赤眉起义,当然,前提还必须是先铲除掉混进起义军队伍里的败类——刘秀!云琅从来没有把反汉复秦大业当成一回事,事实上,他对难度太高的事情没有多少兴趣。不论是对大秦,还是大汉,他都没有多少感觉,之所以亲近大秦,完全是因为有太宰这个傻蛋的缘故。他觉得骗着太宰快快活活地把剩下的时间过完,把他的尸体安放进皇陵,最后把断龙石轰隆一声放下来,将这座皇陵彻底关进大地深处,云家以后的人,继续守卫这座皇陵的意义就变了。守祖坟跟看守皇陵完全是两回事。

如果不提反汉复秦大业的话,太宰最近日子过得很不错,再也不是孤零零一个人了,身边总围绕着一些孩子向他求教,或许是这家伙的心境真的老了,对待那些求知欲旺盛的孩子居然没有半分的厌烦。

云琅问清楚了二十天后聚会的地方,觉得有必要做一些布置,那个地方虽然距离皇陵很远,却依旧让他感觉到了一丝丝危险。家里还有四百多妇孺呢,如果跟前朝余孽真正搅和在一起，来家的昨日就是云家的明日。

虽然太宰只说"雪山下青草地"这六个字，但云琅已经基本上知道了他们聚会的地点。云琅可不想为了一个莫须有的大秦义士，赔上家里的四百多条人命，那才是最不道德的一件事。如果可能，云琅想杀死这些人……毕竟嘴巴最严实的，只有死人。

第七八章 绝后患

云琅回到庄园躺在躺椅上看竹简晒太阳的时候，小虫带着红袖，牵着驴子回来了。红袖浑身湿淋淋的，冻得直打哆嗦，刚进门，就被两个妇人牵着去了温泉沟，这样的天气掉水里，没冻死就不错了。

"红袖没用，小水沟都跳不过去……水沟就这么一点宽……一样的水沟我能跳三个……"

小虫一边夸张地用手指比画水沟的宽度，一边敏捷地在地上跳来跳去，表示自己能跳很宽的水沟。

云琅卷起竹简，轻轻地在她脑门上敲两下道："你怂恿她跳水沟，就不怕淹死她？"

"婢子才没有怂恿她，要她骑在驴子上过水沟，她不肯，见我跳过去了，她也要跳，然后就掉水里了。"

云琅摆摆手道："红袖还没有适应咱家的生活，你让她慢慢来，总会好的。现在去给她煮一碗姜汤，看着她喝下去，然后让她裹着毯子在暖和的地方睡一觉发发汗，别受凉了。"

小虫撇撇嘴道："有钱人家出来的就是不成！"发完牢骚，这才气冲冲地去煮姜汤了。

平民小户人家的闺女想装大户人家的小姐，固然不容易，大户人家的小姐想要适应平民小户的生活同样不容易，都需要一个过程，只要迈过这个坎儿，生活就会变得容易很多。

今天的天气很好，阳光普照，荒原上的雪很快就消融了，只有山阴处依旧残留着一些白雪。云家的每一个人都很忙碌，妇人们带着笑容，在前面的院子里煮麻布，准备给麻布上色。染料全部来自大自然，一部分是植物，一部分是矿物，云琅分得不是很清楚。这样的衣料云琅是不穿的，主要是染料跟工艺不过关，染好的衣衫只要穿一天，衣服是什么颜色，身上就会是什么颜色，尤其是内裤，只要穿一天，最重要的部位就跟得了不治之症一般，让人恨不得一刀切掉。因此，云琅的衣衫永远是麻布的原色，白色中泛着青色、黄色，如果他但凡有一点审美情趣，都不会穿这样的衣衫。

原野里又燃起了大火，这是勤快的孩子们在给田地烧草木灰，自从听云琅说这样能增加粮食产量，他们每天都在干这样的事情。水车源源不断地拨开水面的浮冰，将水从低处送到高出，然后再沿着水渠流淌进高处的水塘。一旦开春，水塘里的水就会顺着水渠流淌进田地里。水塘是如此巨大，水车日夜不停地向里面注水，现在连水塘的三成都没有装满。

云琅跟梁翁两个人在铁匠房子里忙碌了三天，才打造出云琅想要的铁臂弩。这东西动力强劲，一旦扣动机括，三支铁羽箭就会飞出去，百步之内，可以入木半尺。只是铁臂弩的太大，不好随身携带，云琅只能把这东西当作一个可以移动的炮台使用。偏心轮制作失败了，这样的铁臂弩，云琅用尽吃奶的力气才能拉上弦，他试过了，最多拉动三次，就是他的极限了。而牛筋制作的弓弦也非常不保险，随时都有断裂的危险。如果不是云琅把蚕丝揉进牛筋，这东西很可能会未伤敌，先伤己。

太宰回始皇陵去做最后的准备了，云琅就带着老虎、梅花鹿，让它们帮着背自己刚刚制作的所有武器，自己拖着一个小爬犁就向骊山的后山进发。骊山是一座孤独的山丘，秦岭虽近在咫尺，它们也不相连，云琅需要穿过整座骊山，一路向白雪皑皑的雪山进发，最后找到有雪见青的后世洪庆山就算是到地头了。

真正说起来，云琅可能比太宰这个在骊山生活了一辈子的人更加清楚骊山周边的地势。骊山对太宰来说就是一个笼子，而骊山对云琅来说，却是一个立体的存在，他不仅仅见过航拍下的骊山，也见过被人制作成沙盘的骊山，不管这座山有多大的变化，山形地貌的改变终究有限。事实上老虎是认识路的，看样子太宰曾经不止一次去过洪庆山一带，有它带路，云琅跟梅花鹿走得飞快。

这一次去杀人的决定，是云琅反复斟酌之后做出来的，虽然是冒险，却是值得的。他准备看情况再说，有机会干掉这些人他就干掉，没机会干掉就跟他们会合，看局势发展再论。总之，以干掉这些人为自己的最终目的。

后世的人种庙不见踪影，而这里已经是骊山的最高处，那些古怪的石头还在，只是没有后世那么惟妙惟肖，看来还需要风雨再雕琢上两千年才能成型。天上阴云密布，冬日里总不会再有旱雷下来了吧？云琅对自己上一次的遭遇记得很清楚，就是在人种庙，一团火球突然炸开，把自己炸上天的……

躲在石头后面的云琅眼睛咕噜噜地转了好几圈，也没有看到有旱雷出现，终于松了一口气，从石头后面钻出来，老虎不明白云琅为什么会这么小心，用头拱着他继续前行。上了山，自然是要下山的，然后，云琅就下了整整一天的山。下山的过程中，收获不错，四只野鸡，两只斑鸠，老虎还捉到了一头小野猪。如果不是云琅阻止，老虎甚至想把那头最大的野猪也弄死，这些天委屈它吃粮食，它已经忍无可忍了。

天快黑的时候，云琅在一条结冰的小溪边上宿营，他坚持不准老虎把那头小野猪囫囵吃掉，在他看来，那太脏了。把野猪剥洗干净去皮之后，一头小野猪就不怎么够老虎吃了，这家伙又连着吃了三只野鸡才罢休。云琅炖了一锅野鸡斑鸠汤，就着发酵面制作的松软锅盔吃了一些，然后就疲惫地靠在老虎身上睡着了。梅花鹿卧在云琅的脚下，不断地吃着夜食，两只耳朵警惕地听着帐篷外面的动静，它似乎忘记了这座山里最恐怖的猛兽就睡在它的身边。

从后半夜开始，天上就开始落雪碴儿，山里的气温太低，等不及空中的水汽凝结成雪花，就变成雪碴儿掉了下来。云琅看着面前绵延无边的竹林，觉得很泄气，这东西长得密密麻麻的，连下脚的地都没有，如何越过这片林子？

就在云琅手足无措的时候，老虎却有了新发现。一串脚印出现在竹林的边上，脚印很新，没有被雪碴儿掩埋掉，按照雪碴儿落下的速度来看，这串脚印的主人最多是在半个时辰前走过这里的。云琅叹了口气，瞅瞅自己脚上的靴子，这靴子的印痕他简直太熟悉了，跟他脚上的一模一样。这种带有高跟并且分左右的靴子，这个世界上只有两双，一双穿在他脚上，另一双穿在太宰的脚上。脚印是从山的另一侧延伸过来的，难怪老虎没有嗅到他的气味。

这就是说，如果云琅早半个时辰出发，他会在这里遇到太宰。

现在距离月圆之夜还有六天，得出这个结论，云琅伤心了，太宰居然骗他，说什么聚会是在月圆之夜，恐怕月圆之夜结束才是真的。

有了脚印，云琅就决定跟着脚印去看看。竹林很大，云琅随着脚印足足走了半天，才从一个小小的溪谷中穿过竹林，面前却出现了一大片松林。出现松林就说明云琅又在上山，竹子还没办法在半山腰存活。太宰执着地上了山，云琅却不想上去了，他想等等再说，目的地就在那片松林后面，没必要那么着急。他找了一个僻静的地方，点了一小堆火，把昨天吃剩下的野鸡烤烤随便凑合了两口，就把梅花鹿跟老虎安置在这里，自己一个人拖着小爬犁上了山。

第七九章 杀阵（一）

天色暗下来了，一小堆火焰就成了一个明显的目标。一个毛茸茸的人枯坐在火堆边上，不吃也不喝的，只是不断地往火堆里丢柴火。云琅顶着一片麻布趴在一丛枯草上，面前放着那具铁臂弩，铁臂弩被两根支架给支起来了，前面视野开阔，背后是一棵巨大的松树，松树周围撒满了三角刺，云琅不认为有谁会从这棵松树边上不受伤害地过来。不仅仅如此，在三角刺的外围，以及这个小山谷的入口处，云琅还绑了很多的丝线，只要丝线被触及，云琅身边的小铃铛就会响起。

雪碴儿依旧在往下掉，云琅透过铁臂弩望山，能清晰地看到太宰在轻微地咳嗽，他的咳嗽声，也传出去老远，他似乎没有任何想要遮掩的意思。雪沫子簌簌地落着，落在太宰的裘衣上，落在橘黄色的火焰上，也落在云琅背上的麻布上。云琅有些不满意，这个家伙居然脱掉了手套，从怀里取出一壶酒开始喝，很久以前，云琅就不允许他喝酒，他的肺已经出毛病了，喝这样的冷酒没好处，就不知道放在火堆上烤烤？云琅制作的连身狼皮衣裤很暖和，身下又是软绵绵的干燥的枯草，趴了一阵倦意袭来，他就决定小睡一会。也不知道过了多久，云琅悠悠醒来，打着哈欠抬头瞅瞅天空，不知什么时候雪停了，大半个上弦月露了出来。

"黔夫，今年只有你来了吗？"听到太宰熟悉的声音，云琅打了一个激灵，连忙朝火堆边上望去，只见火堆边上多了一个高大的人形。云琅疑惑地瞅瞅眼前的小铃铛，不明白那家伙是怎么走进这个小山谷的。

"太宰，皇陵使者也只剩下你一个人了吗？"

太宰痛苦地点点头道："阈值三年前就死了。"

那个高大的身影蹲在火堆边上烤着火道："我们死的人太多了，大秦复国遥遥无期，我们等不住了。"

太宰慢慢地坐下来看着面前的大汉道："那就放弃吧，从今天起，你们可以忘记自己的使命，过普通人的日子。"

大汉抬起头看着太宰笑道："没有钱粮，怎么过日子啊？"

"五年前你们拿走了三十镒黄金，明珠十斗，说是要在巨鹿起事，为何毫无动静？"

黔夫吐了一口口水道："你怎么知道我们没有起事？事情刚刚谋划好，就被绣衣使者发现，平子负当场战死，华盛被绣衣使者活捉，就在巨鹿被活活车裂，我如果不是连夜逃奔邯郸，也难逃车裂之刑。今年又在右扶风蛊惑山民造反，刚刚立了一个傀儡奔豕大王张奇，没想到这个家伙居然胆大包天地弄死了县令，然后就被羽林军给盯上了，没法子，我们只好再次奔逃。现在我们已经心灰意冷了，太宰，拿出秦皇宝藏，我们兄弟分掉之后就各奔东西，从此老死不相往来。"

太宰悲凉地道："这些年，为了支持你们起事，宝库之中已经没有半个钱可以拿出来了。"

黔夫冷笑一声道："秦皇宝藏何等丰富，岂是我等拿走的那点钱粮所能掏空的？太宰，你没有子嗣，没有家人，要么多的财宝没有用处，不如拿出来给我们大家分分，也算是好聚好散。"

太宰重重地低下头，听得出来，这家伙哭得非常凄惨。

黔夫叹息一声，也坐了下来，取出一只觿箅轻轻地吹了一下，云琅就听到耳边的小铃铛有了微微的响动，他不由得顺着丝线向南边看去，两个敏捷的身影在月光下，几个起落，就快速地来到山坳处。

黔夫对后面来的两个人道："阈值已经死了，太宰说宝库里已经没有钱了。"

一个尖厉声音毫无来由地响起："这不可能，秦皇宝库乃是大秦的复国之资，如何能如此轻易地就被我们掏光？"

太宰抬起头瞅着那个瘦高的身影道："蓬度，再大的宝库被你们孜孜不倦地掏了八十年，也会掏干的。"

蓬度冷笑一声道："既然如此，你就带我们去看看那个空荡荡的秦皇宝库。"

太宰漠然道："尔等外臣岂可进入陛下陵寝之？"

黔夫笑道："陛下已经死了，如今汉室运道正隆盛，天道已经变换，不是我等区区之力所能扭转的。太宰，领我们去陛下的陵寝看看，我们随便拿走一些陪葬之物就走，绝不打扰陛下的阴灵。"

一柄剑从太宰的袍子底下穿出，眼看着就要刺进黔夫的腰肋，就听叮的一声响，太宰宝剑的去势被一柄长刀斩断，黔夫迅速倒退几步，与蓬度、卫仲站在一起。太宰宝剑齐胸，指着黔夫等人道："拿走我的命可以，想要觊觎陛下陪葬物，休想。"

卫仲叹息一声道："太宰，我们从幼子之时就朝夕相伴，如今，你为了一个死人，就向我们伸出宝剑，心中就没有惭愧之念吗？"

太宰凄声道："卫仲，我们这些人中，你的学识是最渊博的，你觉得我能做背弃陛下的事情吗？"

卫仲摇头笑道："当然可以，要你打开皇陵，取走一些陪葬之物的主意本身就是我想出来的。从小你就是一个淡薄钱财的人，所以啊，你才会成为太宰，掌管秦皇宝库。你刚才说得没错，经过这些年的靡费，再大的宝库也经不起这样花销，五年前你拿出的那笔钱，应该是最后的家底了，这一点我是笃信无疑的。我们其实也不是一定要进入皇陵，只要你给我们一百镒黄金，我们立刻就走，去燕地、齐地，做我们的富家翁，你觉得如何？"

太宰悲愤得仰天长啸，他无论如何都没有预料到自己的生死兄弟会无耻到这个地步。云琅好不容易等到这三个人站在了一条线上，立刻扣动了弩机，低沉的嗡鸣声夹杂在太宰的长啸声中几不可闻。

然而，站在最外侧的卫仲却向左面扑了出去，即便如此，他的肩头依旧蹿起一溜血花。中间的蓬度却没有卫仲的好运气，被铁羽箭穿透了脑壳，天灵盖都被强大的冲击力给掀起来了，铁羽箭去势不衰，不等黔夫躲闪，就牢牢地钉在他的肩头，突如其来的疼痛，让他忍不住惨叫出声。

躲在一块石头后面的卫仲大吼道："太宰，阈值没有死是吧？阈值，你这个暗算老兄弟的混账，有本事出来与耶耶大战三百回合！"

太宰愣住了，不过，他很快就反应过来了，黔夫从肩头拔下来的那根铁羽箭只有云琅有。事已至此，太宰长叹一声，坐在火堆旁，瞅着蓬度烂西瓜一样的脑袋不知道在想什么。

云琅依旧趴在地上，他不相信卫仲、黔夫这两个人知道他的所在，尤其是在这样的一个晚上。事件爆发后，云琅就一直在看着眼前的小铃铛，他很想知道这三个家伙到底有没有同伙。等了足足半炷香的时间，铃铛依旧没有动静，云琅通过望山，正好看见黔夫暴露在外面的后背，于是，他再一次扣动了机栝，第二根弩弦带着第二支铁羽箭再一次飞了出去。电光火石之间，惊慌失措的黔夫胡乱挥舞着手里的长刀，却被铁羽箭从后背钻了进去，而后又从前胸钻了出来，最后叮的一声钉在了岩石上。黔夫高大的身体轰然倒地……

太宰痛苦地闭上了眼睛，不敢看黔夫狂吐鲜血的那张脸。

云琅杀完黔夫之后，就再也找不见卫仲了，不过，云琅并不着急，他眼前的铃铛一阵乱响，这家伙居然在兜着圈子快速地接近他。太宰也从铁羽箭的落点找到了云琅的立身地，他迅速地跳起来，向云琅这边狂奔。

云琅把身体稍微向大树边移动一下，抖掉铁臂弩上包裹的乱草，让黑黝黝的弩弓暴露在月光之下。

第八〇章 杀阵（二）

铃铛一直在响，从铃铛响的方位来看，卫仲正在从左面迅速地接近，脆弱的丝线，在这个夜晚几乎不可探查，被腿触碰到，会随着腿前进的冲力断开……云琅将全身裹在麻布中，抱着手里的短弩，静静地看着左面。铃铛声忽然停止了，云琅依旧一动不动，耳朵里全是太宰怒吼的声音。完全没有响动的铃铛还有三个，也就是说，卫仲正在他左面十五米外的巨石后面。

"阈值出来，你亲手杀死了你的兄弟，就不能站出来面对面地杀死我吗？"卫仲的声音从巨石后面传来。

云琅手里的强弩对他的威慑很大，他躲在石头后面，看不见云琅，又担心自己被强弩所伤，因此很想逼迫云琅出来。

太宰终于赶到了，他害怕得全身发抖，唯恐云琅被卫仲所伤，见到卫仲再也不肯多说一句话，举剑就刺。卫仲连连招架，却被太宰逼迫得连连后退，眼看着就要退出巨石遮挡范围了，卫仲大喊道："好，我走，我什么都不要了，我走！"

太宰停下手里的剑，喘息着道："好，你走吧！"

卫仲的眼珠子骨碌碌地转动，看看太宰，又看看云琅藏身的地方，大声道："阈值，你出来，让我看看你。"

太宰摇头道："他不会出来的。"

卫仲恨恨地看着太宰道："他是谁？他不是阈值！阈值不会这样凶狠地对不止一次救他性命的兄弟下手。"

太宰叹口气道："阈值死了，三年前就死了，射杀蓬度跟黔夫的是始皇帝陛下的第五代太宰！"

卫仲脸色大变，怒吼道："你让一个外人进入了皇陵，却不让我们这些跟你生死与共了几十年的兄弟进去，天理何在？"

太宰痛苦地摇摇头道："你们要偷皇陵里的陪葬物！这是盗墓贼的行径，你们已经没有资格再说自己是皇帝陛下的卫士！滚，滚得远远的，再也不要来这里！"

卫仲恨恨地看着太宰，缓缓地离开了巨石，只听嗡的一声，有弩箭破空的声响。太宰色变，一句"手下留情"还没有喊出来，就看见卫仲捂着胸膛，艰难地指着太宰，然后颓然倒地。太宰双膝一软，跌坐在地上，嘴里喃喃自语："手下留情，手下留情啊……"

云琅从山壁处走出来，坐在太宰的身边低声道："不能留情，你是晓得的。"

泪珠从太宰的眼眶里滚落下来，他低声道："以前在营地的时候，我跟卫仲的情谊最深，我的剑术几乎都是他教的……黔夫、蓬度，也是……那时候黔夫的胃口最大，练习剑术的时候却不允许吃饱饭，晚上饿得嗷嗷叫，我们也很饿，每一次都是卫仲出去给我们偷吃的……被师父捉住，打得很惨，他却从来都没有出卖过我们……我知道他们这一次是绝望了……我也知道他们确实尽力了……只是，真的没有一百镒金子啊，如果有，我一定会给他们的……他们这

189

些年的辛苦顶得上一百镒金子，哪怕是一万镒，只要我有，我一定会给的……哈哈哈哈……"太宰近乎癫狂地捶打着自己的大腿又说又笑。

云琅趁机翻检了一遍卫仲、黔夫、蓬度三人的尸体，在确定他们全部死亡之后，就把火堆移到太宰的身边，又将麻布披在他的身上，自己就开始艰难地用铲子挖坑。天亮的时候，又开始下雪了，云琅终于挖好了三个坑，本来想挖一个的，见太宰实在是伤心，就干脆挖了三个。

天色大亮的时候，云琅才发现，这里美得惊人，天上白雪纷纷扬扬地下着，地面上白雪皑皑，却有一团团的绿色顽强地从雪下面露出来，肥厚的叶面上即便覆盖了白雪，依旧生机勃勃，这就是大名鼎鼎的雪见青。

太宰坐在云琅铺就的厚厚枯草上，即便是天亮了，他依旧在喋喋不休地诉说着往事。看来他们兄弟的情谊确实深厚……

云琅很小心地把地面填平，还用脚齐齐地踩了一遍，努力让坟地与周围的环境看上去没有什么大的差别。为此，他甚至从远处移栽了几棵雪见青在上面，又从松柏枝子上取来了白雪，均匀地撒在坟地上。云琅站在远处仔细地打量了一遍坟地，随着新的白雪覆盖，如果不仔细看的话，应该看不出什么端倪来。只要这个冬天过去，到了春日万物勃发的时节，这三个人的踪迹将被大自然抹掉。

太宰沉迷在自己的世界里不可自拔，云琅也没打算将他唤醒，沉迷在往日的快乐中，也好过面对这样残酷的事实。来到这个世界一年多的时间里，云琅发现，这世上全是狠人，你如果不对他们狠，他们就会狠狠地对待你。

清灭掉炭火，清除痕迹，云琅将太宰抱上了爬犁，自己拖拽着爬犁，沿着先前上来的雪道艰难地下山。回到自己的营地，已经是中午时分了。老虎见到云琅回来了，快活地扑了上来，见太宰躺在爬犁上，上前闻闻，然后就乖乖地回到了帐篷，卧在毯子上无聊地舔舐着自己爪子上的毛。

云琅饿极了，好在老虎不知道从哪里弄来了一只黄羊，它自己已经吃了半只。云琅将剩下的半只黄羊挑完整的地方，用刀子切割下来，丢进锅里煮，他现在很需要热量，太宰可能更加需要。听着锅里煮肉的动静，云琅疲惫地将身体靠在老虎的肚皮上，梅花鹿亲昵地用脑袋蹭着他的脑袋。太宰不知道什么时候睡着了，且鼾声如雷……

没有作料，黄羊肉并不好吃，冬日里的黄羊也太瘦，没有什么油脂，更何况老虎抓来的这只黄羊实在是太老了。煮了很久，云琅才能勉强咬动。

太宰依旧在酣睡，云琅把自己的毯子也盖在太宰的身上，而后就几乎是在用全身的力气跟那只老羊腿较劲。

鼾声停止，太宰睁开眼睛，奇怪地看着云琅道："你怎么来了？"

正在啃羊腿的云琅眨巴两下眼睛，一脸无辜道："你带我来的啊！"

太宰皱眉道："不成，你不能去，等我确定了你再去见他们也不迟！"

云琅瞅着太宰道："难道他们会心怀不轨？"

太宰敲敲脑袋道："这一次我们没钱给他们，可能会出事情。"

云琅放下羊腿，从锅里舀出一碗热羊汤，把锅盔掰碎了泡在碗里，递给太宰道："你身体太差了，不如你告诉我他们在哪里，我去就是了。"

太宰摇头道："不成，总要给他们一个交代。我这一觉睡了很长时间吗？"

云琅认真地点点头道："差不多一天一夜了。"

太宰迅速地把羊汤跟锅盔吃完，把饭碗放下，拿起自己的长剑对云琅道："你留在这里，我去见他们，已经晚了一天，他们该等急了。"

云琅眨巴一下眼睛道："要是没人去呢？"

太宰把裘衣穿好，看看外面的小雪道："那也要去！"说完就走了出去。

云琅没有阻拦，让太宰白走一趟未必是坏事。看得出来，他因为受的刺激太大，脑子为了自我保护，选择性地遗忘了昨晚发生的事情。云琅只希望他一辈子都不要想起那段惨事。

只要太宰不强求，老虎一般是不愿意跟着他的，这一次也一样，老虎瞅着太宰离开也无动于衷，继续认真地舔舐自己的毛。

天已经快要黑了，等太宰到那里的时候，天色就该全黑了，这样他应该什么都发现不了。

太宰睡过的被窝里有余温，云琅舒服地钻了进去，拍拍老虎脑袋要它看好门，然后随手从皮囊里抓了一把豆子丢给梅花鹿。云琅又抓抓老虎的皮毛，弄顺溜儿了，就枕在上面，听着外面簌簌的落雪声，长叹了一口气，闭上了眼睛。

第八一章 卓姬要嫁人

云琅在这个小山沟里停留了三天,因为太宰执意要在这里等待三天。第四天的时候,太宰才跟着云琅离开。他似乎很开心,没有半点失望的样子。

云琅不是很确定太宰是不是真的忘记了那天晚上发生的事情。他决定,只要太宰不提起,他一辈子都不说……

再一次回到人种庙所在地的时候,云琅虔诚地在朝阳中跪拜了下去。太宰不明白云琅为什么要这么做,就只好站在一边看着。云琅不愿意,也不敢在这个地方多停留,感谢过女娲娘娘的不杀之恩之后,他就赶紧催着太宰下山。

太宰想带着云琅去皇陵,云琅不愿意,他觉得现在无论如何都不是一个好时候。"从断崖处就能进去,那里有一条专门留出来的小路,也是一个通风口,可以扫除皇陵里面的秽气。断龙石也在这条小路上,如果拨动断龙石,断崖就会垮塌掉,彻底地封死皇陵。"太宰絮絮叨叨的,看起来有些神经。

云琅无奈道:"这些话等你快死的时候再对我说,现在说实在是太早了,我还没有做好接手皇陵守护任务的准备。"

太宰笑道:"里面有奇珍异宝无数……"

云琅翻了一个白眼道:"能拿出来换钱不?"

太宰认真道:"不成!"

"不成你说什么?看了拿不到,你这不是在害人吗?"

太宰干笑一声道:"我就是随口说说……"

很多时候,始皇陵对云琅来说,就是博物馆一类的存在,虽然那里面奇珍异宝无数,却只能看看,长学问是极好的,如果拿出来……还是算了,不论在大汉,还是后世,都会死得很惨。尤其是在大汉,很有可能会被活埋……

断崖边上的房子依旧在,只是冷冰冰的,没了人气,用火烤了一天才把里面的寒气驱逐干净。太宰看着满屋子的竹简木牍,长叹一口气,说是要在这里停留几天,好把这些东西全部送进皇陵宫卫那边去。云琅答应了,这个工作不好交给别人,不是他干,就是太宰干,离开家已经快十天了,再不回去,估计家里就要乱了。

从断崖上俯视云家庄园,在皑皑白雪的映衬下美得惊人,主要是庄园里升起的缕缕炊烟让人有从天上俯视人间的感觉。梅花鹿留给太宰,帮着拉爬犁运东西,老虎是一定要回家的,这家伙对于云家来说,是保护神一般的存在。

当老虎背着东西懒洋洋地出现在平原上时,首先高呼的就是那些捡柴肥地的孩子。他们一拥而上,抱着老虎的脖子,如同见到了亲人。

看到这些孩子,云琅回头瞅了一眼骊山,他现在非常确定,太宰根本就没有失去记忆。后面发生的所有事情都是在演戏……有时候云琅有些痛恨自己的聪慧,他总能从一些蛛丝马迹中找到与众不同的地方,这让他的生活永远都不幸福。

云琅坐在孩子们拉柴火的爬犁上,让这些精力充沛的小家伙拖着他回家。至于报酬,就是他和太宰在山上没有吃完的锅盔。

老虎得到解脱之后,在雪地上蹦跶几下,就不见了踪影,云琅很怀疑,这家伙是不是嗅到了母老虎的味道。

家里到处都是染料酸不拉唧的味道，谷场上的绳索上挂满了五颜六色的麻布，各种颜色都有，只是颜色都不是很正，这是妇人们染衣服的时候对时间跟温度掌控得都不是很好造成的。在大汉，这已经很不错了，至少，在云家庄子，每个人，不论男女都开始穿内裤了，这已经是一个了不得的进步。

桑麻，这是农家永远都绕不过去的一个话题，关中自古以来就有养蚕沤麻的习惯。云琅刚刚回家，就被一群上了年纪的妇人追着要蚕种，再有十几天，天气就要转热，也就到了晒蚕种的时候了，农时可耽误不起。

云琅的眼睛瞪得比牛眼还大。

"养蚕？"

"是啊，是啊，这可是大事，老婆子以前在家里养了一房蚕呢，五月出新丝，能卖不少钱，也能换不少粮食回来……"

"可是咱家没有桑田……"

"这不要紧，六里地以外就有一片老桑树林子，今年就采桑枝扦插，明年就有桑田了。今年的蚕种，可以吃老桑树上的叶子……"

"还有麻，也要早点点下去，家里的地多，所有的田埂上都要点上麻，不好的地里也要种麻……"

"家里水塘多，要养一些鸭子，还有鸡，这活计轻省，孩子们就能干。还要养猪，养羊，尤其是猪，一把草就能养大……"

被妇人们围住，云琅的脑袋都快要炸了。"梁翁！"云琅大吼一声，妇人们吓了一跳，见梁翁快速赶过来，就知道家主可能要发话了，连忙竖起耳朵听。

云琅指指那些妇人对梁翁道："满足她们所有的要求，你看着指派、安置，不管是桑蚕，还是沤麻，还是猪狗牛羊鸡鸭鹅，你统统看着置办，实在不成，就带着她们回一趟阳陵邑，每人发一百个钱，顺便去走走亲戚，最后再把她们要的东西带回来,坐牛车去……"

梁翁瞅瞅那些妇人,没好气地吼道:"家主才回来,能不能等家主歇息一下再说?现在去找丑庸,把要买的东西记下来,一百二十八个大人,一人一百个钱也领了。不要再围着家主,像什么样子!"梁翁轰走了妇人们,狗腿一样地凑过来道,"家主辛苦了,要不要准备好洗澡水?还是直接在热水沟里洗?"

云琅恹恹道:"热水沟吧,那里的水热一些,让丑庸把换洗衣衫直接拿过去,我臭得受不了了。"

"家里来了客人……"

"管什么客人啊,洗干净了再说。另外,再给我弄一碗小米粥来,先垫垫肚子。"

不用云琅吩咐,梁翁就快速地将云琅包在麻布里的铁臂弩收进了库房,见云琅去了热水沟,就飞快地去通知丑庸、小虫她们给家主拿换洗的衣衫。

熊皮袄、狼皮裤十天没下过身,这些东西保暖是保暖,可不透气啊。云琅才脱掉衣服,就把衣裤丢得远远的,至于狼皮靴子,更是被他丢出了八丈远。这些东西本来就硝制得不好,这一路上又是雪又是汗水的,再混合上皮子本来的味道,云琅已经忍耐很久了。他赤条条地钻进热水沟,被温泉水一激,全身都发痒,如同有一万只虱子同时在撕咬他。他长吸一口气,坐在温泉水底的石板上,如同受刑一般,咬紧牙关,等待这一股子刺痒劲过去。

"你家的老虎呢?"卓姬清冷的声音从头顶传过来。

云琅捂住胯下无奈道:"我在洗澡!"

卓姬冷笑道:"我洗澡的时候你好像也没有避开!"

云琅苦笑道:"误会,误会!"

卓姬笑道:"看了我洗澡,还知道留下一枚玉牌,算是看我洗澡之后给的赏赐?"

云琅不想在这件事情上纠缠,越是纠缠自己就越是没理,他干笑一声后道:"听平叟说你要成亲了?司马相如文采不错,跟你珠联璧合,是很好的一对!"

卓姬点点头道:"确实如此,别人也这么说。你到时候来不来?"

云琅连忙道:"一定要去,一定要去!"

卓姬点点头道:"去盯着也好,我成亲之后第二天就要回蜀中了。"

"这是为何?"

"因为我耶耶想要阳陵邑作坊的冶铁秘方。"

"你准备给?"

"不给不成,官家对我们的产量不满意,我父兄准备断我的铁料来源,与其给别人,不如给我耶耶,我也好要一些补偿。"

第八二章 低级与高级

两人的谈话很正常，不正常的是卓姬也下了水沟。"女人一生没有多少盼头，总要做出牺牲的，很多时候都身不由己。"

"我觉得你不一样啊，你很厉害，坑了你爹，坑了你兄弟，现在又要从他们手里要好处，他们会答应吗？"云琅尽量低着头，不去看卓姬。

"所以啊，我要嫁给司马相如，听说陛下喜欢上了他的诗赋，他很快就要飞黄腾达了。然而，仅仅喜欢是不够的，他还需要拿出大量的钱财来讨好那些黄门，好让他的诗赋更多地出现在陛下的案头。我需要他的官职来应付我耶耶跟兄长们，他需要我的钱财去捞取更大的官职，你不觉得这很公平吗？"

卓姬涂满蔻丹的长指甲在云琅白皙的胸口滑动，最后她挑起云琅的下巴道："那天看得放肆无理，今天怎么装起君子来了？是我的身子不好看吗？"

云琅瞅着卓姬娇艳的面容，伸出一根手指点在她的面颊上，轻声道："代价太大了。"

卓姬笑道："你如果再大五岁，我的新郎就会是你。"说完这话将云琅的手放在她的胸膛上笑道，"相比你刚才说的那句怜香惜玉的话，我更喜欢纯粹的情欲……"

丑庸趴在桌子上，瞅着明亮的灯焰发愣，桌子上的饭菜已经热了三遍，而小郎还没有洗完澡。给小郎送换洗衣服的时候，水沟里的动静很奇怪，她还准备去看看，却不小心发现了卓姬的衣衫，就连忙放下衣衫跑回来了。

小郎不喜欢卓姬，他们为什么会在一起洗澡呢？丑庸很想问坐在另一张桌子旁一个人下棋的平叟，这个老头很聪明，在卓氏的时候她就知道。

平叟今天的兴致很好，抿一口茶水，再落一枚棋子，左手落的黑色棋子已经被白色棋子围得死死的，只有一口气可以延伸，棋盘终究是有边线的，落子到最后，黑棋终究是要被边线堵死最后一口气的。

月光照进水沟，卓姬仰面朝天躺在云琅的身上，面庞被月光照得惨白，几缕凌乱的头发覆盖在眼睛上，沉重的呼吸声与潺潺的水流混为一体，两人都有些无话可说。"就是这个样子！"卓姬将头靠在云琅的颈项间呢喃道。

"什么？"云琅低声问道。刚刚才结束的不知道是第几次的癫狂，让他的脑袋空空的，失去了几乎所有的思维能力。

"就该是这个样子！"卓姬转身认真对云琅道。

"你想说什么？"

卓姬狡黠地笑道："我是说，我的日子就该是这个样子，自由自在，无法无天，谁都不能限制我，谁也不能命令我，我只做我想做的事情，快活地把这一辈子过完。"

云琅挠着脑袋疑惑道："我今天刚从山上下来，先是被一群妇人拦住要蚕种，要沤麻，要猪羊，要鸡鸭鹅，好不容易脱身，你又出现在我身边，直到现在，我还一脑子的糨糊，你又说这些没头没尾的话……"

卓姬大笑道："我是说，从今往后，我只为我自己活！我要弹琴，我要作赋，我要走马猎鹰，我要爬最高的山……"卓姬神情激昂，身子扭动的幅度很大,已经沉浸在她的幻想当中不可自拔……

平叟满意地喝了一口茶,几乎是一口吸干了茶壶。黑棋终于被他活活地给围在中间,虽然还有一口气,却已经无路可逃。于是,他愉快地将一枚白子落在天元的位置上,再看看被围住的黑棋,嘿嘿一笑,大声叫道:"丑庸,给耶耶拿酒来!"

男女亲热这种事云琅以前做过很多次,却没有一次有这样痴迷跟热烈。云琅确定,是卓姬的名字让他陷入了癫狂之中。这是一种非常古怪的感觉,历史与时空产生了错乱,也产生了扭曲,云琅一会觉得自己在天堂,一会觉得自己在地狱。世界对他来说变成了混沌一般的存在,偌大的蛋壳中只有两个人存在,或许可以准确地说,只有两具肉体存在。

当卓姬最后一声尖叫过后,两人齐齐地倒入水中,云琅感觉整个人似乎都成了空心的,身体被缓缓流动的水流拥着顺流而下。

"你会游泳?"

"蜀中女儿有几个不会游泳的?那时候我们可以光溜溜地在水里待一天。直到有一天,我母亲用漂亮的衣裙把我包裹起来之后,我就再也没有那样快活过了。"

"你真的会嫁给司马相如?"

"会。你们男人怎么这么讨厌,占了一次便宜,就觉得我应该永远都是你的?笑话!"

云琅苦笑道:"这种事我早就习惯了……"

"咦?在我之前你还有过很多次吗?"

"梦中——"

"哦,那就不用说了,少年人的春梦很恶心!"

云家洗澡用的水沟不算长,沿着小路拐了一个弯之后,就会流进暗沟,水流的尽头是一道木栅栏。眼看就要到头了,卓姬站起身,攀着水沟边的石头溯流而上。

云琅没有动弹,被水流压在栅栏口,他干脆就坐在那里,目送卓姬走回了出发点。她走得很干脆,没有多少留恋,只是在上岸的时候,回头看了云琅一眼,或许是月光的缘故,她的脸很白……

云琅走回自己房间的时候,平叟依旧在喝酒,他似乎已经喝醉了,咿咿呀呀地唱着云琅听不懂的歌。

丑庸狐疑地看着云琅,摆放餐盘的时候都有些慌乱,肉汤洒了一桌子,还只顾看云琅的脸。云琅把肉汤倒在米饭上,一口菜没吃,快快地吃完了一碗饭之后就回屋子睡觉了。

第二天,云琅起来得很晚,吃早饭的时候,梁翁告诉他,卓姬跟平叟已经走了。

"不是要你带着人进城去买蚕种跟家畜去吗?怎么还在家里?"云琅打断了梁翁的絮叨。

梁翁瞅瞅家主,连忙道:"这就去,这就去。"

吃完了饭,云琅丢下饭碗,四处找不见老虎,就皱眉问道:"老虎哪里去了?"

正在收拾残羹剩饭的小虫迷惑道:"早上吃完饭就没见老虎。"

云琅叹了一口气嘟囔道:"没一个靠谱的啊……"

身为地主兼奴隶主,太阳高升的时候不好好睡个回笼觉实在是对不起这两个名头。躺在床上,云琅才发现自己一点睡意都没有,不论是跟太宰生出来的嫌隙,还是跟卓姬更进一步的关系,都让他烦恼。

在正确的地点做正确的事情未必是完美的,却一定是正确的。

太宰的三个生死兄弟被云琅生生地在他面前射死了,且不论太宰恨不恨那三个人,他至少会从这件事情上看到云琅做事的方式,那就是不留后患,该下手的时候比狼都狠!

尽管云琅做的事情没有错，他却很难接受，这才有了后面的事情，他极力地想要忘记那天晚上发生的事情，现在，估计正在纠结中。云琅很想告诉太宰，直接把断龙石拉下来才是不留后患的做法，只要还有可能进入始皇陵，对每一个人来说就都是最大的煎熬。不明白这一点还做个屁的始皇帝忠臣，一点决断都没有！

跟卓姬在一起的那个疯狂的晚上，与其说是两情相悦，不如说是卓姬单方面地发泄。心高气傲的她忽然发现，即便是在已经不靠男人也能好好生活的时候，她依旧逃不脱男人的羁绊。她目前所拥有的一切，都是建筑在沙滩上的城堡，一场大浪过来，全部将不复存在。云琅准备好好地当一个只关心柴米油盐、只关心地里的庄稼、只关心圈里的猪羊的人……

第八三章 太恶心了

云家的妇人们很聪明，去城里的时候，每人带了一点家里产的绿菜。隆冬腊月里这就是最好的伴手礼，带着一小捆子绿菜去拜访亲友一点都不失面子。云家温泉水道上种的青菜，无非是小白菜跟韭菜，除了留一些供云琅吃的青菜，其余的都被妇人们割走了。小白菜这东西长得快，种子撒下去，三五天就能发芽，十天半月又会长得绿油油的一片。韭菜就更加没问题了，割掉一茬儿，马上就会长出一茬儿。

云琅不在乎，反正家里的青菜吃不完，让她们拿去走亲戚也是不错的，这些妇人干起活来可是卖了死力气的。丑庸就不这么看了，她认为长在云家土地上的东西都是小郎的，哪里容得下那些妇人如此糟践？锱铢必较才能家财万贯，这就是大汉奴隶主以及地主商贾们奉行不渝的大道理。因此，大汉国内的奴仆跟农夫以及工匠们想不勤奋一些都不成，因为没人愿意白白地给他们半分好处。

一个月很快就过去了，春天也真正到来了，只是寒风依旧统御着这片大地,或许只有山间淙淙流淌的小溪、水边渐渐变得湿润的柳枝才知道春天真正到来了。

太宰从山里回来了,要求云琅跟他一起去始皇陵走一遭,被云琅粗暴地拒绝了。

"放下断龙石,一切都将烟消云散……"

"如果始皇帝复活呢?"太宰见云琅在用看白痴一样的目光看着他,连忙改口道,"我带你去看看,总不能让你一辈子守护始皇陵,却连始皇陵是个什么样子都不知道吧?"

"你少试探我,说不去就不去。你只要把断龙石放下来,让山崩掉,我就烧高香了。说实话,我真的不想再杀你的兄弟了,再来一次,我们两个连见面都没有法子见了。听我的话,放下断龙石,让始皇帝好好在里面安息,我们在外面好好过日子成不成啊?我的太宰耶耶!"

听云琅这么说,太宰一跳八丈高破口大骂道:"混账啊!老夫已经在努力忘掉这件事,你为什么还要提起来,啊?你就不能听老夫的话,好好走一遭皇陵,让始皇帝见见我给他选的新太宰,然后让我好安心去死?你就当可怜可怜我这个苦命人成不成?"

云琅听太宰这样哀求自己,依旧把脑袋摇得跟拨浪鼓一般:"那就更不去了,我要你好好在太阳底下过几年好日子,哪怕你看中了哪个妇人想要成亲我都帮你办。我也求求你,千万别死,你可怜,老子比你还可怜!说起来,我在这里就你一个不是亲人的亲人了,你总想着死,你也不想想我一个人可怜不可怜?"

太宰安静了下来,红着眼睛瞅着云琅,猛地一把将云琅揽在怀里哽咽道:"我活着好难受啊……"

云琅红着眼睛道:"我把卓姬给睡了,以后还要睡别的女人,会有好多孩子,每生一个孩子,我们就有了一个亲人。你好好活着,我努力生孩子,用不了多少年,我们就会有很多亲人,不再是两个孤魂野鬼了。你说好不好?"

太宰松开云琅,扶着他的肩膀道:"那就要抓紧了,我的身子骨已经垮掉了,我怕熬不了几年。断龙石还是不要放下来,等我死了,你把我的尸骨以及那些兄弟的尸骨都放进去。我这些天把卫仲、黔夫、蓬度的尸体也挖出来了,做成了骨头架子,你莫要恨他们,一起放进去吧!"

云琅黯然点头道:"好吧……"

太宰一脸幸福地笑道:"我就知道你会答应的。"

云琅长叹一声道:"你都开始安排后事了,我能不答应吗?"

安排后事的绝对不止太宰一个人……

"我死了以后要穿这件大红色的,一定要穿这件大红色的!"丑庸不知道脑子里的哪根筋不对头,一大早就抱着一袭大红袍服冲着云琅吼。

云琅揉揉惺忪的眼睛,痛苦地捶着床铺道:"好,好,莫说这件红色的,你把那套绿色的穿上也没问题!"

"那套绿色的也给我?"丑庸眨巴着不算大的眼睛,怀疑地问道。

"都给你……"云琅痛不欲生。他说完话就重新倒在床上,用毯子蒙住了脑袋。昨晚听太宰说了一晚上忠贞不渝的古代故事,天快亮了才睡着,又被丑庸给叫醒了。

衣服是卓姬派人送来的喜服,她知道云家就没有拿得出的漂亮衣衫,不但给云琅准备了两套,还给陪云琅去参加她喜宴的丫鬟也准备了两套,一红一绿,赛过狗屁!小虫太小了,穿上那套绿色的衣衫跟装在麻袋里一样,那套红色的小一点,丑庸却死拽着不放。

云琅不想去参加卓姬的婚礼,他是真的不想去,也不敢去。十几天前他还跟人家的新娘子在水沟里缠绵呢,现在却要去参加人家的婚礼?这也太不是人了吧?!

送喜帖的平叟看得很开,笑吟吟道:"成亲?你怎么会看成是成亲?这就是一桩买卖，你情我愿的，有什么不好？大女从此可以彻底摆脱父兄的纠缠，司马相如从此也有了走马章台的本钱，对谁都有好处的事情，你不妨看开些。"

"我总觉得怪怪的……"

"有什么好奇怪的？在大汉，这样的事情多了，但凡有能耐的妇人，哪一个不是这么干的？不说别人，大名鼎鼎的馆陶长公主嫁给堂邑侯陈午就是一桩买卖，长公主给堂邑侯生了三子一女，哪一个是堂邑侯的？很多时候啊，馆陶长公主在馆舍与情人幽会，堂邑侯一般都会躲在书房里不出来，等事情完毕之后，还要问公主有没有尽兴……"

听平叟说这些八卦，云琅脑门上的汗水涔涔地往下淌，他以为唐朝的公主就已经够剽悍的，没想到大汉的公主竟是有过之而无不及。

平叟瞅了云琅一眼，没好气地又道："你以为堂邑侯吃亏了？老夫告诉你啊，人家可是占大便宜了。想当年，秦末大乱，陈午的祖父陈婴被百姓推举为大王，麾下足足两万余人。雄心勃勃的陈婴听他母亲说，他陈家祖上就没有出过显赫的人物，突然显贵不知是福是祸，不如投靠别人，一旦别人成功了，这样还能有一个侯爵之位。于是陈婴就投靠了项梁、项羽叔侄，让人马只有八千的项梁一时异军突起，显赫至极。只可惜项梁战败，他又成了项羽的部属，项羽战败，他又投降了我大汉。嘿嘿，这样的人自然不堪重用，在开国列侯中，他排名第八十六，倒数第二，封户也只有六百户。其实到了这个时候，陈婴已经很满足了，和他同样身份的人，坟头上的草木种子都已经变成大树了，唯有他平安无事。按理说，陈婴死后，堂邑侯家口也就该完蛋了。可是，人家没完蛋，就因为陈午把馆陶长公主伺候得好，陈家的封户从六百户变成了一千八百户，后来更是变成了八千户！什么都没做，人家就成了皇后的父亲，即便是皇后被陛下冷落打入了长门冷宫，堂邑侯还是堂邑侯，什么都没改变……你说说，一人荣辱在家族盛衰之间算得了什么？"

听了平叟讲古，云琅脑袋上的细汗很快就变成了瀑布汗，从下巴上滴答、滴答地往下掉。这个确实不好评价，反正自从陈午两年前死掉之后，馆陶长公主就与一个叫作董偃的美少年朝夕相处，据说连出恭都要手拉手才成，坊市间早就传遍了，云琅在阳陵邑居住的时候就听说过。

平叟鄙夷地又瞅了云琅一眼道："莫说你与卓姬的事情外人根本就不知，即便司马相如知道了又怎么样呢？以你羽林司马的身份，你去了他一样以礼相待！"

云琅仰天大吼一声道："太恶心了，我不去！"

第八四章 谁是谁的金山？

"哈哈哈哈……"

平叟笑得如同一只猫头鹰，那笑声让人浑身起鸡皮疙瘩。他笑完了，转身就走，一句话都不说。

这反而让云琅有些心虚，他连忙拉住平叟道："说清楚啊。你这么走了我心里不踏实。"

平叟笑吟吟地看着云琅道："终究有一个要脸皮的，老夫还以为大汉尽是不要脸的泼皮。"

云琅苦笑道："事情已经干得很不要脸了。"

平叟瞅着远处的骊山，叹息一声道："你与大女相会，是在她嫁人之前，一个孀妇，一个少年，春风一度不过互为安慰而已……就如同老夫对你说的，大女性子高傲，当初十三岁嫁人，十八岁守寡，如今也不过二十三岁罢了。她这六年是如何过来的，老夫知之甚详。一个好女子却没有好归宿，只能寄情于三尺古琴，纵把手指弹破，杜鹃啼血，谁又能知她心音？初见司马相如之时，以为可以托付终身，又有谁知道一曲《凤求凰》之下隐藏了多少龌龊心思？曲辕犁一事，此人终于抛开了脸面，露出真容，蝇营狗苟之辈为钻营，为求得一官半职，两年恩情一朝抛弃，全忘了卓姬当垆卖酒之艰辛。人事无常，世事艰辛，一朝抛却，前路全开，哈哈哈，如此境遇听起来荒唐，说起来污秽，却无人知晓这是上苍对大女最好的安排！一场荒唐戏，你不去也罢……"

平叟挥挥手就上了马车，很快就驱车上了古道，车马辚辚，被护卫、家仆簇拥着去了阳陵邑那繁华的地方。

云家的蚕种在太阳地里静静地孵化着，有些依旧是一个个的小黑点，有些却已经发亮了。听看守蚕种的刘婆说，那些发亮的小点，就是快要孵化出来的幼蚕。

等蚕从麻布上孵化出来，是一个漫长的过程，对刘婆而言，却只是六天的事情。

云琅长叹一声，回到屋里，在竹简上匆匆写道："你有一座房子，背山面河，左松右竹，廊下有四时之花，池下有不凉之香汤，无车马之喧闹，无尘埃之侵染，只有尝不尽的山珍、用不尽的美味，可以调素琴，阅古经，朝看日出，暮观霞霭，直至老死！"

写完之后，云琅再次叹息一声……云琅将竹简装在一个锦囊里，喊来了褚狼，要他骑马去追平叟，务必把这个锦囊亲手转交给卓姬。

卓姬坐在卧室里，她的妆容已经无可挑剔，两个专门负责调妆容的婆子依旧在忙碌，哪怕是一根头发丝也不容乱。妆容不是给司马相如看的，而是给宾客们看的，长安三辅到处流传着司马相如一曲《凤求凰》抱得美人归的传奇，那就不妨让司马相如再骄傲一些。

屋子里堆着十几箱子绫罗绸缎和金饼子。云琅重新炼制过的金饼子，即便在灯光下依旧熠熠生辉。这些都是给司马相如的酬劳……

司马相如进来的时候，目光落在绫罗绸缎以及金饼子上，他很满意，瞅着跪坐在胡毡上的卓姬，多少有些惊艳。很快，他就重新调整了心态，彬彬有礼道："该去见宾客了。"

卓姬瞅了司马相如一眼道："稍等片刻，平叟也该回来了。"

司马相如皱眉道："可还有什么未了之事？"

卓姬笑道："你我今日一聚，明日便各奔东西，我走蜀中大河，你去齐地大海，天各一方，长卿当保重才是。"

司马相如笑道："我去齐国任詹事府詹事，此事你出力良多，长卿得偿所愿，此恩永世难忘。"

卓姬笑道："多记一些恩情，将来下手的时候就会轻些。"

司马相如干笑道："何至于此？"

卓姬笑道："但愿如此！"

话已经说完，被烛火照耀得亮堂堂的房间变得寂静。门外的平叟咳嗽一声抬脚进来，尴尬的司马相如随便拱拱手就趁机逃开了。

卓姬见只有平叟进来，冷着脸道："他不肯来？又是一个没良心的。"

平叟笑道："但凡是有点脸皮的都不会来。"

卓姬怒道："我就是要这些没良心的人看看我的下场！"

平叟知道卓姬此刻的心情，也不以为意，从怀里掏出一个锦囊递给卓姬道："礼物来了。"

卓姬好奇地打开锦囊，取出里面的竹简，瞅了一眼上面的话，眼泪就扑簌簌地流淌下来了。她将竹简递给平叟道："我终究有一个安身之地是不是？"

平叟没有看竹简，而是把竹简卷起来重新装进锦囊还给卓姬道："锁起来，以后有用处。"

卓姬咬着牙道："当然要锁起来，从他嘴里要句话比登天还难。"说完话就看看黑漆漆的夜色，站起身道："该去让那些人羡慕一下了，也好让那些人知道司马长卿不但抱得美人归，还收获了一座金山！"平叟笑道："卓姬的金山！"

卓姬笑道："没错，我的金山！"

老虎出去了两天，才病恹恹地回来了，回到家没干别的，从鹿群里找了一头比较肥硕的公鹿一口咬死，就叼着重新跑出去了。

"你就不能把老婆带回家来啊？"暴怒的云琅在后面跳着骂。

老虎却像是没有听见一般，很快就钻进了松树林子。

松林里传来阵阵虎啸，应该是两只老虎的叫声，一应一和的看样子还是比较恩爱的。这段时间，云琅是不允许家里的人去松林的。大王可能不会伤害家里的人，大王今年的老婆就很难说了，毕竟是吃肉的，而云家的孩子经过一个冬天的大补之后，一个个肥肥胖胖的很是可口，被母老虎吃掉那就太糟糕了。

足足有十个大笸箩里装的全是鸡雏，还有十几只黄嘴的小鹅，鸭子没听说过，至少阳陵邑里没有鸭子。家里的孩子都被鸡雏、小鹅吸引，没事也不出家门，都是听话孩子，知道出去之后很有可能会喂老虎。

丑庸正在跟梁翁商量，要不要把家里的青菜拿去城里卖。冬天是弄不成的，路上要走两天呢，再好的青菜被冻上两天之后，也会变成烂泥。现在不同了，渭河边上的冰都开始融化了，只要用麻布包裹好，青菜就不会被冻坏，现在的青菜，在阳陵邑可是能卖大价钱的。

云琅忙着跟一群大孩子一起盖房子，大汉的十二三岁的少年跟后世那些还在上六年级的孩子完全不同。家境好点的，成亲的都有，也不再有人认为他们是什么都不懂的小屁孩。

先盖的是一长溜平房，里面有三间屋子的那种，外面会有一个小院子，再盖一间小屋子当厨房就很好了。说是孩子们盖，实际上出力的还是请来的工匠，孩子们负责打下手。按照云琅的计算，等家里的十几栋平房盖好之后，以后的房子就该交给他们盖了。

刘颖在云家庄园干的唯一好事就是留下了很多的砖瓦，云琅需要的楼阁只盖了三座，其余六座这家伙根本就没动工。

最好的一片地方，被云琅空出来了，既然给了卓姬一个承诺，这里就该有一座人家的小楼。

处处都是工程，处处都是工地，不论是引水，还是下水，抑或是沿着热水渠留出来的菜地，在冰河解冻之后，云家的庄园再一次变得繁忙起来，云琅对建设一座真正的庄园有着持之以恒的毅力。

第八五章 春天的烦恼

家，还是自己亲自修建起来的才有归宿感，对人或者野兽都是一样的。刘婆的蚕种终于孵化出来了，老虎却把自己睡觉用的毯子衔着去了松林。

开春的时候，云琅希望能种很多的油菜，即便是在荒坡上播种油菜种子这样的事情他也想试试。这样的话，到了六月天，这里该是满山的金黄。生活跟梦想差别很大，云琅这时候宁愿多做一点梦，很多时候，他认为自己活得太过现实，就是缺少一些梦。

蚕种黑黑的，在麻布上蠕动，刘婆带着一些妇人，很小心地将蚕种用毛笔一点点地扫进了笸箩。笸箩里面有剪得很碎的桑叶，桑叶也是新发出来的，还有些泛黄，刘婆说了，桑树是一种有灵魂的树，它知晓每家的蚕在什么时候需要什么样的叶子……

田地里已经开始忙碌了，云琅站在一张藤条编制的藤牌上，被牛拖着在原野里晃荡，这样做的好处就是能把田地里的土块压碎，压平。浇上一遍水之后，等到真正春暖花开了，就可以重新犁地，磨平，播种。

上林苑里排名第一的地主是皇帝，排名第二的地主就是云琅。野人们不敢去找皇帝，一些实在没有食物吃的野人，就把注意力放在了云家，也只有在云家附近，才不会有猎夫来捉他们。云琅很想帮帮他们，可惜，他自己的粮食也不多了，现在的阳陵邑已经到了拿着钱也买不到多少粮食的地步了。

　　真正造成粮食紧缺的不是去岁的那场大雨，而是卫青的出征……皇帝明明知道那场大雨造成了粮食歉收，如果他肯打开府库救济一下灾民，这场灾难很快就过去了，以大汉充沛的粮食储备，一场中等程度的灾难还不至于饿死这么多人。只可惜，皇帝的大军要出征了，卫青虽然只带走了一千六百人的亲兵，然而，跟在他后面的行军长史却带走了十六万担粮食，以及无数的牛马牲畜。对皇帝来说，消灭雁门关外的匈奴，一雪耻辱，比关中的灾民更加重要。

　　"消灭匈奴当然比关内的百姓重要！这还用得着想？"太宰对云琅的奇怪思维觉得不可理解。

　　"为何？难道不该是先照顾国内百姓吗？"云琅嘴里的面条都没有吞下去，就吃惊地问道。

　　"始皇帝当年也是这样做的，蒙恬大将军当年修造长城驱赶匈奴七百里的时候，关中百姓也吃不饱肚子，始皇帝还是驱赶这些吃不饱肚子的百姓去修筑长城了。"

　　云琅就无法理解太宰的思维，这家伙遇到事情基本上不动脑子，直接从始皇帝生平事迹中找一段，然后生吞活剥地套用上去，就成了他的思想，且不可动摇。云琅无奈地瞅瞅太宰，跟古人没法子谈平民主义，看来啊，这东西是一个舶来品。太宰无法接受一个没有皇帝的世界，就像蜂群、蚁群没法接受没有蜂王、蚁后一般，皇帝是一定要有的，要不然大家的生活就没了章法，没了方向。云琅觉得这样很没意思，他觉得自己就不需要一个皇帝骑在他脑袋上指挥他前进的方向，没了那东西，他可能会生活得更好。

　　"小郎，文婆跟韩婆打起来了，撕扯得很凶，梁翁上去劝了一下，就被抓破了脸。"丑庸气喘吁吁地进来，来不及给太宰施礼，就冲着云琅嚷嚷。

等云琅过去的时候，两个衣衫不整的婆子已经不打了，各自坐在地上呼天抢地地哭泣，其间夹杂着各种云琅听不明白的骂人话语。

云琅来了，两个婆子一人抱着云琅的一条腿哭得更加大声……云琅直到现在还不晓得这两个婆子为什么打架，路上问过丑庸，她居然也不知道。对这两个婆子，云琅是没办法的，只好瞅着文婆的儿子小文问道："说清楚！"

小文觉得老娘这样做让他很没脸面，见家主问起就连忙道："我母亲觉得韩婆婆可能偷了她晾晒在外面的苦丁……"

文婆听儿子这样说，更加疯狂地怒吼道："就是她偷的，昨日里还有半笸箩，今天就剩下一个底子了，本来大家一样多的苦丁，现在就她家的最多，不是偷了我们家的，还能是哪里来的？"

韩婆听了之后，先是一声高亢的尖叫，然后指着文婆道："我本来挖的苦丁就比你家多……"

云琅闭上眼睛，过了一会睁开眼睛道："苦丁是啥？"

文婆的儿子连忙端来一个笸箩给云琅看。

"苦苦菜啊……"

春日里什么样的野菜最多？毫无疑问，就是苦苦菜跟蒲公英。尤其是春日里刚刚发芽的苦苦菜，上面是小小的叶片，下面却有一根洁白肥厚的根茎，苦味儿还不是很浓郁，用来做小菜是最好不过的东西。

问题是小菜不重要，重要的是云家庄子里面有一百多个没了丈夫的妇人……春天到了，草木复苏，人性也在复苏中，人一旦没了饥饿这个危机压迫，立刻就会把注意力转移到其他方面。云琅可以去找卓姬，老虎可以去山林里找母老虎，家里的母牛正在梁翁的主持下有计划地配种，驴子也有母驴为伴，圈里的母鹿也整天被公鹿嗅屁股……空气里荡漾着春天的气息，也洋溢着浓浓的荷尔蒙的气味……于是人的脾气就变得暴躁起来了。这一刻云琅终于改变了对皇帝的看法，在这片大地上，由于众口难调的原因，确实需要一个不讲理的皇帝！不讲理的皇帝可以用不讲理的方式平息大部分的事件。

云琅原本想要弄一些壮劳力回来的，却被这些妇人集体给抵制了，她们宁愿干活累死，也不愿意家主弄一些成年男人回来，以免伤害她们的孩子。为此，她们整天跟牛马一样地干活，不论是犁地还是砸石头、砍树，所有的工地上都有她们的身影。

云琅不想跟她们讲理，就扭头瞅着文婆、韩婆的孩子们……

韩婆的儿子很大气，从自家的笆箩里分了一半苦丁给文婆，文婆的儿子小文对韩婆的儿子韩大道："今天砍柴的时候，我多挖一些苦丁给你。"韩大点点头，就去拖拽他愤怒的母亲。

两个十岁的孩子如同大人一般交谈，显得很是平静，母亲的作为让他们觉得羞耻。这是太宰灌输给他们的信念，也是太宰教会孩子们的，读书人与一般人的区别。早就会写自己名字的孩子，即便是年纪幼小，做事也透着大气。

两个婆子也不好再闹，无论如何，儿子的颜面还是要维护的。她们只是相互怒骂两句，就松开云琅的腿跑了，直到这个时候，这两个该死的婆子才意识到云琅是家主。

"以后有事情，直接通知家里最大的一个孩子，就不告诉这些妇人了，没孩子的妇人跟孩子还小的妇人照旧！"云琅朝着梁翁大叫。

要梁翁去管一群妇人真的很难为他，一群除了孩子再无长物的妇人，只要没死，凶悍起来老虎都怕。

吵闹结束了，所有的人又去干自己正在干的事情了，就连太宰也在制作简牍准备抄书给孩子。

最无聊的就是云琅，霍去病以权谋私地用羽林军辎重送来重达八十斤的书信他已经看过三遍了，闲着没事准备再看一遍。信里面的话很有意思，比如说他斩叛匪十六人的事,他在用整整八斤的信的分量阐明,他杀的真的是拿刀拿枪的叛匪,不是手持木棍、锄头的饥民……云琅每次看到这里就会会心一笑,真是太有意思了。

第八六章 改造与冲动

霍去病在砍人的时候知道区分哪些是该死的，哪些是不该死的，这就是一个极大的进步，或许这也是一个极大的错误。谁知道呢？反正云琅觉得这是好事，至少让他的心里舒服了很多。朋友之间相处是一个相互影响的过程，跟着坏朋友可能变得更坏，跟着好朋友可能会变得更好。只有跟云琅这样的人交朋友，才可能会变成一个不好不坏的混蛋。

老虎回来了，才一个月的时间这家伙就变得瘦骨嶙峋，肚皮是瘪的，前胛骨高高地耸立着，毛发也失去了光泽，最要命的是这家伙的毛发里有很多的跳蚤！一回来就懒洋洋地趴在云琅脚下，叫声跟小猫一样虚弱……

这就是一个没出息的。太宰说，这是老虎大王第一次去找母老虎……

好在这家伙还是喜欢泡热水澡，吃了一盆子肉糜之后，就跟着云琅来到了热水沟里。老虎才钻进去，云琅就看到无数的黑色小虫从它的毛发里钻出来在清澈的热水里挣扎，很快就被水流冲走了。云琅让这家伙站在大盆子里，用苦楝皮水浸泡了半个时辰，才算是杀灭了它身上的寄生虫。

老虎回来的时候，把它的毯子也叼回来了，丑庸跟小虫两个洗涮了半天，才把那张看不出本色的毯子洗涮干净。"这就是一个没良心的。"丑庸用手点着老虎的鼻头笑道，"毯子就给母老虎不就行了？人家还要生儿育女呢。"

老虎明显不同意丑庸的说法，等到毯子晒干了，它就趴在上面，谁动就跟谁龇牙咧嘴。百兽之王没了威风，每日里最喜欢吃肉糜，这是一项非常大的开支，主要是这家伙现在只吃不狩猎。

"这家伙现在跟伪帝刘彻是何其相像啊……"云琅探出一只脚用脚底板揉着老虎的肚皮对太宰道。

太宰停止了给简牍穿牛皮绳，笑着摇头道："不怕他不干活，只怕他什么都吃，如果仅仅是咬死，却不吃，那就更加可怕。对了，卓姬走了？"

"走了，回蜀中了，她的父亲不愿意再给她供应铁料，她不得不回去走一遭，反正都是付出代价的事情。她为了增加自己说话的筹码，跟司马相如成亲了。"

"走了就走了，没什么，她并非你的良配。"

"这方面你也懂？"

太宰瞅了云琅一眼道："没有共患难，也没有共荣华，唯一有的就是银钱上的一点纠葛，根基薄弱，经不起风浪的。只看她这一次嫁给了司马相如就知道，人家对你并无爱憎，蜀女多情，心如蜀山间的云雾变幻莫测，你莫要太看重了。"

云琅想起那晚两人随波逐流的场景不由得笑道："随波逐流吧！"

今年最好的消息就是皇帝留在长安不出来了，也不准备春狩了，可能皇帝也知道山野里也没有多少东西可以让他狩猎的。在过去的那个冬天，上林苑里的野兽遭了大难，成群结队的百姓在荒原上组团打猎，他们可不理睬什么猎杀不绝的道理，只要是肉，不管是大的小的，还是带崽子的，他们一概不放过。这样做对云家庄子是个大好事，至少在今年，没有什么害兽会来祸害云家的庄稼。

农妇们早早在家培育好了大蒜，蒜头上刚刚露出一点青色，她们就把蒜头分瓣种进了田野里。其实这个时候种蒜还有点早，架不住云琅非常想吃蒜薹炒肉，她们才不顾农时种下去了。说起来很可怜，中原偌大的地方就产不出几样好东西，蒜头、萝卜，以及刚刚种下去的核桃、葡萄都是张骞从西域带回来的。云琅很想知道张骞为什么没有把棉花种子带回来，多大的遗憾啊。不过，也不算什么，吐鲁番、高昌不算远，将来找霍去病要也不晚。霍去病是一个强大的人，这体现在他的自信上，也体现在他的行动上，跟这样的家伙打交道，就一定要使用策略，在满足他狂傲的自尊心之后再做适当的打击，是个不错的主意。因为，这样做可以使他奋进……

这家伙把所有的话都在八十斤重的竹简上说完了，来到云家的时候，就显得很自然，不用解说自己半年时间到底去哪了，也不用解说他在这半年的时间里到底干了些什么。云家对他来说跟自己家没有多少差别，因为云琅把他的压岁钱都拿去买东西了。

霍去病丢给梁翁、丑庸、小虫一些粉色的石头之后，就坐在云琅的椅子上，等云家的家主回来。"芙蓉玉！"见梁翁他们在发傻，霍去病懒洋洋地解释了一句。以前他对下人可不是这个样子，多说一句话就好像玷污了他的贵族身份。

云家待着太舒服，于是，霍去病就把脚放在桌子上，把身体的重量全部交给了椅子。半梦半醒之间，觉得耳朵痒得厉害，转过头，就看见一头吊睛白额猛虎正在用巨大的鼻子嗅他。霍去病也不知道哪里来的力气，仅仅用双臂，就把身体送到了半空中，探手抓住二楼的楼板，腰上一用力，整个人就翻上了二楼。

云琅看着霍去病道："你怎么了？"

霍去病抖抖衣衫，摇摇头道："没什么，你养的老虎？"

云琅摇头道："准确地说是它在养我，我兄弟，今年四岁，名字叫大王！"

霍去病的一张脸涨得通红，长出了一口气道："这就是你那个只有四岁，却力大无穷的兄弟？"

云琅拍拍绕着他转圈的老虎的脑袋，很无良地笑道："没错。"

"有兵刃，有铠甲，有弓箭，我不怕它！"

"我知道啊！再给你一匹马你能跑得比老虎还快。"

"你总是骗我！"

"你好骗啊，不骗你骗谁？"

"我下来的话，老虎会不会咬我？"

"不会！"

"别骗我！"霍去病纵身一跃，就站在了地上，强忍着恐惧，将手放在老虎的脑袋上，揉了揉……

"你要是帮他挠肚皮，它会更加高兴。"

"我要的是这头老虎臣服于我，不是我去伺候他。"

"那就没办法了，你们打一架吧！"云琅转身就走，将老虎跟霍去病留在那里。老虎大王蹲坐在地上，一双大眼睛阴冷地瞅着这个陌生人，霍去病动一动，它的脑袋也就跟着动一动，将霍去病看得死死的。直到丑庸用棒槌撵走了老虎大王，霍去病才一屁股坐在椅子上，衣衫都被汗水湿透了。

云琅端着一碗绿了吧唧的东西从屋子里出来，瞅着脱力的霍去病道："最近家里只有野菜，你吃不吃？"

霍去病疲惫得摇摇头道："我也想养只老虎。"

云琅指指松林道："那里边还有一头母老虎，估计是怀孕了，再过三个多月就会产崽，你要是有本事弄一头小老虎回来，这个愿望还是可以达成的。"

"我想要大老虎！"

"那就没办法了，据我所知，大老虎一般都是不接受主人的，除非你从小养才有可能。"

"我就要大老虎!"霍去病的声音变得尖厉起来。

"那就准备过一天到晚穿铠甲的日子吧。"